1900

VIDA PLENA

el Estrés

Técnicas positivas para atenuarlo
y asumir el control de tu vida

Arthur Rowshan

ONIRO

Título original: *Stress: An Owner's Manual*
Publicado en inglés por Oneworld Publications

Traducción de Borja Folch

Diseño de cubierta: Imagen Gráfica Estudio

Distribución exclusiva:
Ediciones Paidós Ibérica, S.A.
Mariano Cubí 92 – 08021 Barcelona – España
Editorial Paidós, S.A.I.C.F.
Defensa 599 – 1065 Buenos Aires – Argentina
Editorial Paidós Mexicana, S.A.
Rubén Darío 118, col. Moderna – 03510 México D.F. – México

© Arthur Rowshan, 1997

© 2000 exclusivo de todas las ediciones en lengua española:
Ediciones Oniro, S.A.
Muntaner 261, 3.º 2.ª – 08021 Barcelona – España (e-mail:oniro@ncsa.es)

ISBN: 84-89920-96-6
Depósito legal: B-48.605-1999

Impreso en Hurope, S.L.
Lima, 3 bis – 08030 Barcelona

Impreso en España – *Printed in Spain*

Este libro está dedicado a la memoria del médico de mi familia, el doctor MANOOCHAIR HAKIM, cuyo coraje y serenidad cuando era perseguido por el gobierno islámico de Irán nos infundió ánimo a todos.
El doctor HAKIM fue asesinado en su clínica en 1981 debido a su adhesión al credo bahá'í.

NOTA

Si deseas ponerte en contacto con el autor,
puedes hacerlo en su página web:
www.rowshan.com

ÍNDICE

Índice

SEGUNDA PARTE:
LAS CUATRO DIMENSIONES DEL CONTROL
DEL ESTRÉS

Índice

TERCERA PARTE:
LAS HABILIDADES PARA DOMINAR
EL ESTRÉS

Agradecimientos

Escribir un libro puede ser tan estresante como dar a luz a un niño. Yo tuve la suerte de estar rodeado de personas cariñosas y competentes que me apoyaron desde la «concepción» del libro hasta el «alumbramiento». Quisiera manifestar mi gratitud a las siguientes personas: a mi hermano Nouri, por alentarme a creer que lo que iba a escribir sería útil para los demás; al doctor Victor Rausch, conocido hipnoterapeuta y experto en estrés, por concederme parte de su valioso tiempo para hablar de salud y curación; a mis pacientes, quienes compartieron conmigo su dolor y sufrimiento al combatir el estrés; y a Jan Nikolic, de Oneworld Publications, cuyas indicaciones contribuyeron a que presentara mis ideas con claridad y precisión.

Prólogo

EL ESTRÉS PSICOLÓGICO es uno de los fenómenos más extendidos de nuestro tiempo y afecta a personas de toda condición. En Norteamérica, casi dos tercios de las visitas al médico de cabecera se deben a trastornos relacionados con el estrés. No obstante, el estrés no es una enfermedad moderna; es una experiencia vital tan antigua como la especie humana. El término «estrés» se utilizó por primera vez en el siglo XV y se ha convertido en moneda corriente en la actualidad.

El estrés tiene distintos significados para distintas personas. Para algunos es la «sal de la vida», mientras que para otros es un azote que debe evitarse a toda costa. Lo que resulta estresante para una persona puede ser una fuente de placer para otra.

El estrés es fruto de la interacción entre una persona y su entorno. Este entorno puede ser interior o exterior. El estrés aparece cuando existe discrepancia entre las demandas que experimenta una persona y la capacidad de ésta para responder a ellas. La percepción del estrés por los individuos y su actitud ante él son fundamentales para hacerle frente. Si logramos conferir sentido a una crisis y reconocemos su importancia en el propósito de nuestra vida, quizá alcancemos una nueva comprensión que nos ayude a aceptar el acontecimiento doloroso. Los valores culturales y espirituales amplían nuestra visión de los acontecimientos de la vida y modelan nuestra actitud para con ellos. En efecto, las actitudes y valores sociales ejercen una poderosa influencia sobre nuestras respuestas físicas ante los agentes estresantes.

En una sociedad en la que el beneficio material y los logros competitivos parecen ser el objetivo principal de la vida, y en una cultura en la que la felicidad a menudo se mide en términos de éxito material, las personas han devenido más dependientes de los recursos materiales como fuente de seguridad y poder. En semejante sociedad, las personas son más vulnerables al estrés, pues aferrarse a lo material no aporta una paz y una tranquilidad duraderas. Por consiguiente, al estudiar la naturaleza del estrés y nuestra respuesta a las crisis de la vida, precisamos una visión más amplia, como la que ofrece este libro. Necesitamos evaluar las experiencias a la luz de las dimensiones psicológica, espiritual y física de la humanidad.

Comprender la naturaleza del estrés y cómo se adaptan a ella los seres humanos tiene importantes implicaciones para el desarrollo personal, ya que el estrés psicológico puede actuar como estímulo, pero también como impedimento para el crecimiento y la realización personales. El efecto del estrés puede no ser el mismo en una misma persona en distintos momentos de la vida, como tampoco son semejantes la percepción y la interpretación que hacen del estrés personas de distintos entornos. Los rayos y truenos pueden ser una experiencia aterradora para un niño, pero un granjero recibirá dichoso estos presagios de lluvia para sus campos.

Gestionar el estrés es un arte y la vida el taller en el que aprendemos dicho arte, creciendo al hacerlo. Para quienes se resisten a hacer frente a este desafío, el estrés se convierte en una fuente de dolor y sufrimiento, pero quienes están dispuestos a enfrentarse a este reto se ven enriquecidos por la experiencia que supone.

Este libro versa sobre el arte de gestionar el estrés. Hace hincapié en la dimensión espiritual de la adaptación al estrés, ya que el control del estrés no es sólo cuestión de habilidades técnicas. El autor va más allá de los síntomas y trata a la persona en su conjunto. Al debatir las vicisitudes del estrés, Arthur Rowshan subraya los beneficios del estrés controlado así como sus peligros cuando deviene excesivo. La exposición es sencilla, práctica e informativa, y el libro está enriquecido con una vasta experiencia personal y con ejemplos prácticos. Abarca una amplia gama de asuntos relacionados con el estrés, desde la nutrición hasta la meditación, y desde el sistema inmunológico hasta el establecimiento de objetivos y la manifestación de los sentimientos.

Prólogo

Con optimismo y un creativo sentido del humor, el autor ofrece un enfoque holístico del control del estrés que hace especial hincapié en la prevención y subraya las dimensiones física, mental, emocional y espiritual de la respuesta humana ante el estrés de la vida.

ABDU'L-MISSAGH GHADIRIAN

Canadá

INTRODUCCIÓN

POR QUÉ ESCRIBÍ ESTE LIBRO

SAM FUE MI primer paciente. Vino a verme para que lo ayudara a controlar el estrés. Era un tímido adolescente iraní que cursaba sus estudios en Italia. Vivía con uno de sus hermanos en Roma, pero se sentía solo y deprimido. Su mayor problema era un punzante dolor de cabeza que padecía desde hacía dos años.

Me dijo que había probado todos los tratamientos a su alcance para aliviar el dolor. Había comenzado por su médico de cabecera y había visitado a diversos especialistas, a un acupuntor y por último a un psicólogo; había tomado todos los medicamentos que los médicos le habían recetado. Ni siquiera los analgésicos más potentes lograron mitigar su dolor de cabeza.

Su psicólogo fue el único que trató de ir más allá de los síntomas, en busca de la causa del dolor. Las preguntas del psicólogo le hicieron meditar acerca de su situación: estaba lejos de su familia y había estallado la revolución islámica en su tierra natal, una revolución que significaba la persecución de su familia y de los demás bahá'ís de Irán. No tardó en comenzar a recibir noticias sobre parientes encarcelados, torturados y ahorcados.

Mientras lo escuchaba mirándole a los ojos, me percaté de lo mucho que se parecía a mí. Su historia era la mía. Mi propia experiencia como bahá'í en Irán durante los primeros dieciséis años de mi vida me dejó amargos sentimientos. Mis compañeros de escuela y los maestros me trataban como a un *najes*, es decir, un «intocable». Ni siquiera estaba autorizado a entrar en la cafetería del colegio. Cuando un día por fin logré colarme, alguien avisó al encargado. Se dirigió a mí y me dijo: «¿Eres bahá'í? ¡Ahora tendré que lavar tu vaso!». Aquélla fue mi primera y última visita a la cafetería.

También recuerdo un día en que iba por la calle con mi primo y una banda de chicos nos arrojaron piedras, llamándonos «sucios bahá'ís». Mis hermanos recibieron varias palizas a manos de musulmanes fanáticos. Y, después de la revolución islámica de Irán, muchos de mis parientes fueron encarcelados, torturados y ejecutados por ser bahá'ís. La experiencia de la persecución me proporcionó la motivación para aplicar muchas de las enseñanzas bahá'ís en relación con el estrés y el sufrimiento.

Desde aquel primer encuentro con Sam he estado cada vez más interesado en el estudio del comportamiento humano, y concretamente en las enfermedades psicosomáticas. Mediante la investigación y el estudio, la observación y las entrevistas, empecé a centrarme en las personas que mostraban un carácter fuerte en los momentos de estrés y a investigar sus métodos para hacerle frente. Mi recién descubierta capacidad para enfrentarme al estrés me ha llevado a escribir este libro; es el fruto de siete intensos años de estudio y experiencia dedicados a ayudarme a mí mismo y a los demás a disfrutar más plenamente de la vida mediante un control más eficaz del estrés que suponen los desafíos que ésta plantea.

Te lo ofrezco con la esperanza de que lo que yo he aprendido te dé tanta paz como me ha proporcionado a mí.

POR QUÉ LO CONSIDERO UN MANUAL DE USUARIO

Tal como reza el subtítulo de este libro, debemos asumir el control de nuestra propia vida. Este sentido de la responsabilidad nos permite tomar decisiones en lo concerniente a nuestro comportamiento. No siempre podemos controlar la situación, pero en última instancia nos hacemos cargo de nuestros actos. Por otra parte, un «manual de usuario» implica que el estrés encierra algo útil. Mientras leas el libro, te darás cuenta de que el estrés es una tremenda fuerza que puede llegar a ser fuente de alegría y emoción.

Si no estás satisfecho con la forma en que manejas el estrés, o si te gustaría mejorar tus aptitudes para hacerle frente, éste es tu libro. Seas quien seas, te has enfrentado y te enfrentarás a los desafíos de la vida. Estos desafíos van desde los más triviales, como los embotellamientos de tráfico, hasta los más críticos, como la muerte de los seres queridos.

A veces hasta el más leve cambio puede someternos a tensión. Muchas personas experimentan una grave crisis y el dolor del crecimiento en los años de adolescencia porque la transición de la juventud a la edad adulta y la madurez no es tarea fácil. Asimismo, la humanidad en su conjunto está experimentando su fase de desarrollo más turbulenta. La transición del siglo XX al XXI está marcada por las guerras y los conflictos económicos y políticos. El vertiginoso ritmo de los cambios de este período de la historia se ha convertido en una gran fuente de estrés.

Mis propósitos al escribir este libro han sido: 1) hacerte consciente del estrés cotidiano y 2) ayudarte a evitarlo, reducirlo y controlarlo. Cobrar conciencia es el primer paso para mejorar. Mediante la práctica cotidiana aprenderás a vivir con el estrés y a amarlo.

Cómo hacer uso de lo que aprendas

Te recomiendo que primero leas este libro de principio a fin para hacerte una idea de su estructura, y que luego leas cada capítulo a tu propio ritmo. Te sugiero que utilices un bloc de notas para anotar las ideas, citas y ejercicios que te parezcan más útiles. Practica cada técnica durante tres semanas hasta llegar a dominarla. La repetición es la clave del aprendizaje.

Introducción

El proceso de aprendizaje pasará por cuatro fases:

1. Incompetencia inconsciente.
2. Incompetencia consciente.
3. Competencia consciente.
4. Competencia inconsciente.

En la primera fase no eres consciente de tus errores. Puede que te irrites con frecuencia, pero sigues sin ser consciente de la ineficacia de tu conducta.

En la segunda fase, comienzas a darte cuenta de que haces algo mal. Te percatas de lo mal que te desenvuelves en un ámbito concreto y, si decides mejorar, puedes cambiar tu conducta.

En la tercera fase, por fin aislarás una habilidad concreta y te comprometerás a practicarla. Esta fase es similar a montar por vez primera en una bicicleta y querer aprender a llevarla. Mientras tu padre o un amigo sostiene la bicicleta, empiezas a pedalear, compruebas el equilibrio, te miras los pies, miras al frente y avanzas. Tienes que prestar atención conscientemente a todos estos procesos necesarios. Tienes que hacer un esfuerzo para seguir las instrucciones hasta que por fin te encuentras llevando la bicicleta por ti mismo.

Una vez que aprendes a ir en bicicleta, dejas de pensar en cada detalle en concreto. En esta última fase del aprendizaje de una habilidad, el «sobreaprendizaje», no necesitas prestar atención consciente a lo que haces. Pedalear, mantener el equilibrio y manejar el manillar se convierten en una segunda naturaleza para ti, y cada función está integrada en el conjunto de funciones. En esta fase, realizas la habilidad no sólo sin esfuerzo sino, además, divirtiéndote.

Leer este libro es como la primera vez que montaste en bicicleta. Para ser capaz de dominar las técnicas de relajación o los principios del control del estrés, debes practicar estas habilidades hasta que las «sobreaprendas». Espero que te familiarices con la «bicicleta» del estrés hasta el punto de disfrutar con el paseo.

PRIMERA PARTE

DEFINIR EL ESTRÉS

1

⊚

NATURALEZA Y SÍNTOMAS DEL ESTRÉS

¿QUÉ ES EL ESTRÉS?

EL ESTRÉS SIEMPRE nos acompaña y su intensidad varía según la situación en la que nos encontremos. Ahora mismo, mientras lees estas líneas, experimentas algo de estrés: sostienes el libro abierto, recorres las palabras con la vista y procesas constantemente la información que vas recibiendo. Incluso si en lugar de leer este libro estuvieras tumbado en una postura relajada con los ojos cerrados, seguirías experimentando estrés, porque dentro de tu cuerpo existe otro mundo. Al ocuparse de sus complejas funciones en todo momento, el cerebro trabaja sin cesar, mientras el corazón bombea sangre regularmente y los pulmones se llenan y vacían de aire. Por consiguiente, en un sentido técnico, todos experimentamos estrés constantemente, porque, cuando somos conscientes, siempre añadimos algo a la lista de tareas del cuerpo.

Contrariamente a la creencia popular, el estrés no siempre es perjudicial; puede ser una eficaz fuente de motivación, algo que añada sabor a la vida. Los atletas olímpicos no suelen batir récords durante los entrenamientos, como tampoco los actores ofrecen sus mejores interpretaciones durante los ensayos; como el resto de nosotros, dan lo mejor de sí mismos cuando los estimula el estrés de actuar ante la atenta mirada de un público anhelante.

En chino, la palabra crisis se forma combinando el símbolo del peligro y el de la oportunidad, y el estrés comparte con la crisis estos dos ingredientes. Todo problema encierra en sí mismo su propia solución; cada vez que estás sometido a estrés, tienes la posibilidad de hacer un uso constructivo o destructivo de tu energía. Un cirujano, mientras trabaja en el quirófano, soporta tanto estrés que el pulso le aumenta un promedio de cincuenta latidos por minuto. Ahora bien, es una suerte que sea así, pues ninguno de nosotros desea que lo opere un médico que se muestre demasiado relajado o despreocupado en un momento tan crucial. Las personas de éxito canalizan su estrés convirtiéndolo en energía constructiva y fuerza creadora.

Echemos un vistazo a la anatomía del estrés. Puesto que se trata de una respuesta principalmente física, es importante familiarizarse con lo que ocurre en nuestro organismo en las situaciones de estrés.

Supón que has efectuado un viaje por el tiempo y has retrocedido varios millones de años. Estás sentado junto al fuego en una cueva, disfrutando del almuerzo. De pronto adviertes que un animal anda merodeando por las proximidades. Vuelves la cabeza y un tigre enorme, de fiero aspecto y dientes como cuchillos, se abalanza sobre ti. En tu cuerpo se producirá de inmediato una serie de cambios drásticos. La respuesta elemental de «luchar o huir» es la forma que tiene la madre naturaleza de protegerte del peligro. Esta respuesta innata y automática se caracteriza por los siguientes cambios en el cuerpo:

1. En cuanto el cerebro detecta la aproximación del tigre, ordena una descarga de adrenalina que provoca varios cambios físicos.
2. Las pupilas de los ojos se dilatan para permitir que entre más luz y se agudice la visión. En los momentos en que se percibe un peligro es importante ver tanto como sea posible.

3. La boca se seca para no aportar más fluidos al estómago.

4. Como consecuencia, la digestión se interrumpe temporalmente, permitiendo que fluya más sangre hacia los músculos y el cerebro. Esto explica por qué en los momentos de estrés se siente un cosquilleo en el estómago.

5. Los músculos del cuello y los hombros se tensan a fin de estar listos para la acción. Los músculos tensos son más resistentes a los golpes que los músculos relajados.

6. La respiración se acelera para aumentar el aporte de oxígeno a los músculos.

7. El corazón late más aprisa y aumenta la tensión arterial, con lo que proporciona más combustible y oxígeno a las distintas partes del cuerpo.

8. Aumenta la sudoración para bajar la temperatura del cuerpo. Cuanta más energía consume el cuerpo, tanto más se suda.

9. El hígado libera glucosa para aportar una inyección rápida de energía a los músculos.

10. El bazo libera en el flujo sanguíneo las sustancias químicas y las células sanguíneas que tiene almacenadas, para espesar la sangre. Este proceso permite que la sangre se coagule más aprisa, de modo que si se produce una herida, ésta deje de sangrar antes. Además, así el cuerpo se vuelve más resistente a las infecciones.

En la actualidad, estas respuestas reflejas automáticas ante el peligro siguen formando parte de nuestro ser. Las situaciones cotidianas activan el hipotálamo, o «centro de estrés» del cerebro, para que tengan lugar todos los cambios que acabamos de mencionar. Estas respuestas pueden ser fruto de un irritante embotellamiento de tráfico o del mal humor de un jefe, del mismo modo que nuestros antepasados las experimentaban en el monte cuando se encontraban frente a un animal salvaje.

Así pues, la respuesta del estrés constituye la forma que tiene el cuerpo de prepararse para hacer frente a una amenaza o huir de ella. Tanto si la decisión instantánea es luchar como si es escapar, el cuerpo necesitará toda la agudeza mental y la energía adicional que pueda obtener.

Ahora bien, en el mundo moderno pagamos un precio por la mala gestión de esta respuesta. A diferencia de los moradores de las cavernas, que luchaban o huían, nosotros a menudo nos vemos atrapados en situaciones estresantes que no pueden resolverse de forma directa. No pegamos a nuestro jefe, por ejemplo, por más tentados que estemos de hacerlo, cuando nos enfurece o nos irrita. Por consiguiente, no liberamos la tensión física causada por los cambios fisiológicos. Y cuando no conseguimos liberar esta tensión acumulada, somos víctimas de una serie de síntomas relacionados con el estrés, entre los que se encuentran:

1. Dilatación crónica de la pupila, que puede provocar problemas de visión.
2. Excesiva sequedad de la boca, que puede conllevar dificultades para tragar.
3. Interrupciones demasiado frecuentes del proceso digestivo, que pueden dar lugar a diarreas o propiciar la aparición de úlceras.
4. Tensión muscular crónica, que causa dolores corporales, siendo el más común el dolor causado por el entumecimiento de los músculos del cuello y de los hombros.
5. Respiración rápida y poco profunda de tipo crónico, que puede desembocar en asma.
6. Aumentos crónicos de la tensión arterial, que pueden conducir a un estado permanente de tensión arterial excesivamente alta.

Así pues, con independencia de sus componentes psicológicos, el estrés siempre produce resultados fisiológicos. Cuando percibimos un agente estresante, el hipotálamo libera sustancias químicas que estimulan la glándula pituitaria para que libere hormonas dirigidas a las glándulas suprarrenales. Las glándulas suprarrenales, a su vez, liberan adrenalina, responsable de los drásticos cambios físicos que se producen en el organismo.

Quizá te sorprenda descubrir que nuestro cuerpo responde de la misma manera ante los acontecimientos placenteros y los desagradables. Tanto si te despiden como si te ascienden, tanto si te dan una bofetada como una caricia, tanto si discutes con alguien como si le haces el amor, tu respuesta física al estrés es la misma. Cualquier cambio, positivo o negativo, provoca las mismas reacciones fisiológicas asociadas con la respuesta de «luchar o huir».

Aunque las respuestas fisiológicas ante los agentes estresantes positivos y negativos sean idénticas, nuestra interpretación de los acontecimientos puede diferir en gran medida. Por ejemplo, para mucha gente, hablar en público es motivo de estrés (los estadounidenses afirman que es lo que más temen). Sin embargo, unos cuantos escogidos no sólo se ganan la vida pronunciando discursos, sino que disfrutan haciéndolo. La diferencia reside en el modo en que los tímidos y los seguros de sí mismos gestionan su estrés.

La mala gestión de nuestra respuesta de estrés da pie a multitud de problemas. La reacción biológica que moviliza las defensas del cuerpo (clara manifestación del instinto de conservación) la desencadenan tanto los peligros reales como los imaginarios. Por ejemplo, si estás sentado en el sofá disfrutando de tu programa de televisión favorito, relajado y contento, y de pronto recuerdas que has dejado sin terminar un asunto importante en el trabajo, tu respiración se acelerará y perderá profundidad, se te disparará el corazón, tus músculos se tensarán y te subirá la tensión arterial, por lo que tal vez aparezca un dolor de cabeza. Aunque la mayoría de los irritantes agentes estresantes de la vida moderna no supongan una amenaza para la vida, las reacciones físicas automáticas del cuerpo ante ellos son las mismas que experimentaban nuestros antepasados al enfrentarse con un animal salvaje. Si bien nos vemos libres de la amenaza de tropezar con una fiera que ande merodeando por las calles, tenemos que lidiar, no obstante, con fechas límite, embotellamientos de tráfico, facturas pendientes y personas «imposibles» que nos provocan el mismo nivel de estrés.

La respuesta al estrés depende de numerosos factores. En primer lugar, una constitución genética fuerte y saludable y la ausencia de enfermedades hereditarias graves (como las cardiovasculares y cerebrales) nos hacen más resistentes al estrés. Por desgracia, podemos hacer muy poca cosa respecto de los rasgos físicos que heredamos.

El segundo factor principal es el ejemplo paterno. La forma en que tus padres se enfrentan con el estrés ha influenciado (deliberadamente o no) la forma en que tú respondes a los enojos cotidianos. Aunque no seamos calcados a nuestros padres, estamos muy condicionados por su personalidad y sus actitudes. Si durante la infancia viste que se organizaba un jaleo tremendo cada vez que se quemaba la cena, es probable que reacciones del mismo modo cuando se produzca una situación similar en el futuro.

En tercer lugar, tus actitudes, expectativas y creencias actuales, fruto de tu medio cultural y de tu educación, ejercen influencia sobre tus respuestas ante los agentes estresantes. Una vez más, no es fácil escapar a la gran influencia de estos factores sobre el modo en que hacemos frente al estrés.

SÍNTOMAS DE ESTRÉS

Para que cualquier programa de desarrollo personal tenga éxito, es preciso que sepamos tres cosas:

1. Dónde estamos.
2. Adónde queremos llegar.
3. Cómo lograrlo.

Naturaleza y síntomas del estrés

Analizar el propio estrés te ayuda a descubrir dónde estás en lo que a tu manera de responder al estrés se refiere. Ser consciente de los signos que anuncian el estrés es el primer paso hacia una mejora. Una vez que te hayas familiarizado con los signos, podrás evitar que se conviertan en síntomas crónicos.

Estos signos de advertencia comprenden cinco categorías: espiritual, social, emocional, mental y física. Puedes presentar síntomas de las cinco categorías. Por otra parte, se influencian unos a otros, y con frecuencia logran atraparte en un círculo vicioso. Por ejemplo, si tu respuesta a una discusión acalorada es tener dolor de cabeza, el dolor puede impedirte dormir, y a su vez la falta de sueño se convierte en un agente estresante que afecta a tu estado de ánimo. Los factores de estrés suelen estar elaborada y exasperantemente interrelacionados.

Tómate el tiempo que sea preciso para responder «sí» o «no» a las siguientes listas de preguntas. Quizá quieras releer las listas varias veces con vistas a recordarlas. De este modo, cuando experimentes cualquiera de estos síntomas en momentos de estrés, serás más consciente de ellos. Si te identificas con muchos de estos síntomas de estrés, NO TE ASUSTES. Esto significa que te cuentas entre quienes más provecho sacarán al aplicar los principios y las técnicas que se esbozan en este libro.

Suma el número de cruces que pongas en la categoría «sí» y averigua tu puntuación para hacerte una idea del nivel de estrés que padeces. Aquí no hay «ganadores» ni «perdedores»; sólo hay quienes sacarán mayor o menor provecho de los consejos dados en este libro.

Signos físicos

	Sí	No
¿Has sufrido últimamente una herida o enfermedad grave?	☐	☐
¿Fumas y/o bebes considerablemente?	☐	☐

	Sí	No
¿Tienes hábitos alimentarios irregulares o un trastorno de nutrición?	☐	☐
¿Fluctúa mucho tu peso?	☐	☐
¿Tienes dificultades para dormir o para levantarte por la mañana?	☐	☐
¿Sientes cansancio constantemente?	☐	☐
¿Llevas una vida sedentaria?	☐	☐
¿Tienes la tensión arterial alta?	☐	☐
¿Te resfrías con frecuencia?	☐	☐
¿Sufres diarreas y orinas con mucha frecuencia?	☐	☐
¿Padeces dolores de cabeza, dolor de espalda u otros dolores recurrentes?	☐	☐
¿Tienes espasmos musculares?	☐	☐
¿Sufres agarrotamientos y tensión?	☐	☐
¿Tienes los pies y manos demasiado fríos?	☐	☐
¿Tienes hábitos nerviosos (rechinar los dientes, morderte las uñas, agitar los pies, etc.)?	☐	☐
¿Tiemblas con frecuencia?	☐	☐
¿Suele faltarte el aire?	☐	☐
¿Sudas en exceso?	☐	☐
¿Padeces indigestiones o úlceras?	☐	☐
¿Tienes alguna alergia?	☐	☐
¿Tienes un ciclo menstrual anormal?	☐	☐
¿Padeces sequedad de la garganta y la boca?	☐	☐

Signos sociales

	Sí	No
¿Ha muerto recientemente un amigo íntimo o un miembro de tu familia?	☐	☐
¿Te has casado o divorciado hace poco?	☐	☐
¿Tienes grandes discusiones con tu pareja?	☐	☐

	Sí	No
¿Te cuesta pedir asertivamente lo que deseas?	☐	☐
¿Te cuesta decir «no» a una petición inadecuada?	☐	☐
¿Te cuesta tomar decisiones?	☐	☐
¿Sientes amargura, intolerancia o celos con respecto a otras personas?	☐	☐
¿Te impacientas o irritas cuando la gente habla despacio?	☐	☐
¿Eres competitivo?	☐	☐
¿Eres egocéntrico?	☐	☐
¿Has alcanzado un logro notable últimamente?	☐	☐
¿Tu trabajo es demasiado exigente, o aburrido, o bien estás desempleado?	☐	☐
¿Te disgusta tu situación económica?	☐	☐
¿Te disgusta tu vida sexual?	☐	☐
¿Notas que te apartas de la sociedad?	☐	☐

Signos emocionales

	Sí	No
¿Sufres cambios de humor rápidos?	☐	☐
¿Te enojas con facilidad?	☐	☐
¿Padeces ataques de ansiedad?	☐	☐
¿Padeces depresiones o sentimientos frecuentes de desesperación?	☐	☐
¿Eres aprensivo?	☐	☐
¿Sueles mostrarte apático?	☐	☐
¿Sueles tener pesadillas?	☐	☐
¿Estás inquieto con frecuencia?	☐	☐
¿Te saltan las lágrimas con facilidad?	☐	☐
¿Ríes nerviosamente con frecuencia?	☐	☐
¿Eres hipocondríaco?	☐	☐
¿Sueles tener dificultades para sentir emociones?	☐	☐

Signos mentales

	Sí	No
¿Te aburres con frecuencia?	☐	☐
¿Te pones nervioso cuando tienes que hacer cola?	☐	☐
¿Tienes la impresión de llegar siempre tarde?	☐	☐
¿Consideras que la gente no te aprecia?	☐	☐
¿Hablas mal de ti con frecuencia?	☐	☐
¿Haces las cosas apresuradamente o varias cosas a la vez?	☐	☐
¿Niegas tus problemas?	☐	☐
¿Tienes frecuentes lagunas de memoria?	☐	☐
¿Te cuesta concentrarte?	☐	☐
¿Te desconciertas con frecuencia?	☐	☐
¿Eres pesimista?	☐	☐
¿Tienes alguna fobia?	☐	☐
¿Has considerado alguna vez la posibilidad del suicidio?	☐	☐
¿Hay algo de tu cuerpo que te disguste?	☐	☐

Signos espirituales

	Sí	No
¿Te sientes solo?	☐	☐
¿Tienes sensación de vacío o inutilidad?	☐	☐
¿Te resulta difícil perdonar?	☐	☐
¿La vida ha perdido su significado para ti?	☐	☐
¿Te sientes como si hubieses perdido el norte?	☐	☐
¿Sueles experimentar sentimientos de culpa?	☐	☐
¿Sientes hostilidad hacia el prójimo?	☐	☐
¿Abusas de ti mismo de una forma u otra?	☐	☐

Averigua tu puntuación

Sí: 1 punto   No: 0 puntos

0-24: ¡Enhorabuena! Llevas un estilo de vida saludable.

25-39: Nivel de estrés medio. Te hará bien adoptar algunos hábitos saludables.

40-71: Nivel de estrés alto (riesgo de padecer enfermedades relacionadas con el estrés). Te hará mucho bien reflexionar sobre tu estilo de vida e introducir cambios significativos.

¿Qué tal te ha ido? Ahora que ya has reconocido algunos de los signos comunes de estrés que te afectan, tienes que dar el paso siguiente. Debes preguntarte cuándo es más probable que experimentes estos síntomas. ¿Se te agarrota el cuello mientras trabajas en un proyecto difícil? ¿Te sientes deprimido o culpable tras una discusión con tus padres? Una vez que aíslas la situación y los acontecimientos, puedes aprender a responder de forma distinta ante las situaciones en las que es probable que aparezcan tales síntomas. Quizá también quieras comentar tus síntomas con tu médico de cabecera.

LA RESPUESTA DEL ESTRÉS

Aunque llamemos «agentes estresantes» a los acontecimientos o situaciones que inducen estrés, en realidad es más exacto considerar que un agente estresante es cualquier cosa que nos plantea un reto. Las asombrosas historias sobre soldados que de pronto se han visto capaces de levantar un jeep para liberar a un amigo atrapado debajo se ven justificadas por las teorías del estrés. Bajo condiciones muy estresantes, todos tenemos el potencial de acometer extraordinarias proezas de fuerza y resistencia.

La definición más sencilla de estrés lo contempla como una respuesta a las exigencias. Aunque la mayor parte de la gente piensa que el estrés está causado por lo que les sucede, en realidad es su propia respuesta ante situaciones aparentemente estresantes lo que provoca la sensación de tensión y ansiedad. Cuando dicto conferencias explico este fenómeno mediante el principio APRE. Puedes tener presente el principio APRE cada vez que te enfrentes con un agente estresante en potencia. Según este principio, toda situación de estrés consta de cuatro aspectos:

Acontecimiento
Percepción
Respuesta
Efecto

El Acontecimiento es el suceso o situación al que te enfrentas en un momento determinado. La Percepción del acontecimiento atañe a tus actitudes, creencias y expectativas, a cómo percibes el acontecimiento; interpretas el agente estresante y le otorgas un significado (le das sentido). La Respuesta (luchar o huir) se basa en tu percepción, y el Efecto es lo que provocas que ocurra como resultado de tu respuesta. Dado que sólo vemos el efecto, a menudo pensamos que el acontecimiento «causa» el efecto, pero al hacerlo pasamos por alto la percepción y la respuesta. Comprender este principio nos permite hacernos cargo de nuestros pensamientos y acciones.

Para ilustrar el principio APRE, podríamos tomar el ejemplo de un insulto. Alguien se mete contigo y te llama «estúpido». El insulto es el agente estresante, la «A» o *acontecimiento* del principio APRE. Ahora te toca a ti analizar cómo *percibes* el insulto. Puede que te digas a ti mismo: «Debo de haber hecho algo mal para merecer esto». Tras otorgar significado al acontecimiento, *respondes*, quizá poniendo en tensión los músculos del cuello y los hombros y alterando el riego sanguíneo del cerebro. Finalmente tienes el *efecto* de tu respuesta, que en este caso puede ser un dolor de cabeza o el entumecimiento del cuello. Cuando decimos de una persona molesta que es un «plomo» o «una cruz», a menudo hacemos una referencia bastante literal al efecto que causa en nosotros.

La clave del principio APRE es la percepción del acontecimiento. A través de ella determinas el efecto que tendrá el estrés que experimentes. No estoy diciendo que todo el estrés que experimentas sea culpa tuya, sino más bien que tus pensamientos y actitudes desempeñan un papel crucial cada vez que te formas una idea de lo que te ocurre en la vida. Puesto que se trata de tus pensamientos y actitudes, tú estás a cargo de ellos. Son tuyos y puedes controlarlos; por ejemplo, en el caso que nos ocupa, no tenías que decidir sentir cólera o vergüenza por haber sido llamado «estúpido».

Puedes romper el círculo vicioso de la respuesta estresante recordando ante todo que los acontecimientos en sí mismos son neutros. La forma en que interpretas tus experiencias, las etiquetas que les asignes, determinan tus actos y sentimientos. De modo que empieza a hacerte cargo de tus pensamientos. *Recuerda: puede que no tengas control sobre lo que te sucede, pero estás a cargo de tu forma de responder.* Controla tus reacciones (escúchalas, préstales atención). Cuando te encolerizas o tienes dolor de cabeza, fíjate en lo que estabas pensando antes de que empezara el flujo de sentimientos desagradables. Al principio tal vez encuentres difícil atrapar tus pensamientos *in fraganti*, por decirlo así; además, por supuesto, gran parte de tus pensamientos quedan fuera del alcance de la conciencia. Con la práctica, no obstante, serás capaz de atrapar los pensamientos negativos y corregirlos antes de que sea demasiado tarde. Sé persistente y practica.

Un ejemplo de utilización constructiva del principio APRE

Acontecimiento. El jefe se queja de tu rendimiento en un proyecto.

Percepción. Puedes decirte a ti mismo: «Se preocupa

---

por mí. Me está dando pistas sobre mi forma de trabajar. Iré a preguntarle qué aspectos concretos de mi trabajo son los que no le gustan».

Respuesta. Cuando veas al jefe puedes decirle: «¿Le importaría explicarme qué partes de mi proyecto deberían mejorarse? Me encantaría trabajar en los puntos flacos. ¿Puede decirme también cuáles son los puntos fuertes de mi proyecto? ¿Cuáles son las partes más eficaces de mi trabajo hasta ahora?». Y luego le agradeces sus opiniones y consejos.

Efecto. Te sientes bien contigo mismo y con tu trabajo. El jefe queda impresionado por lo bien que has encajado las críticas, cosa que quizá se tenga en cuenta en un futuro aumento de salario o ascenso. Y lo que es más importante, conservas intacto el amor propio y la fe en tu valía.

Como ves, elegimos comportarnos como lo hacemos. El mundo que nos rodea no nos «obliga» a hacer lo que hacemos. Encolerizarte o mantener la calma es fruto de tu decisión, sea ésta consciente o inconsciente. De modo que el estrés que experimentas en tu vida está por completo bajo tu control. En cuanto tomas el mando, propiciar un comportamiento eficaz y creativo resulta tan fácil como hacer lo contrario.

Quienquiera que diga «haces que me enoje» ha olvidado que es imposible que un ser humano cree o cause sentimientos en otro ser humano. Creamos nuestros propios sentimientos. En lugar de «Me haces esto o aquello», es más exacto decir «Cuando dices o haces esto o aquello, me siento así». No confundas tus propias reacciones con los actos de los demás. Una vez que te hagas responsable de tus propios sentimientos, te sorprenderá y complacerá comprobar hasta qué punto puedes hacer un uso creativo y constructivo de ellos.

LA RESPUESTA MODELADA CON CREATIVIDAD

Aunque la respuesta de luchar o huir sea nuestra reacción biológica innata ante el estrés, no estamos condenados a ser víctimas de ella. En cambio, podemos hacer frente al estrés buscando las oportunidades que nos brinda. Aprendí este principio de mi maestro de kung-fu, y cuando me convertí en instructor a mi vez, enseñé a mis alumnos a poner en práctica esta filosofía tanto en el entrenamiento como en la vida cotidiana. Según sus principios, nunca debe hacerse frente a la fuerza con la fuerza, sino que más bien hay que «fluir» con ella. Te sitúas a un lado del golpe, y en esta posición eres capaz de cambiar el curso del ataque haciendo uso de su propia energía. Esta flexibilidad de movimientos constituye la esencia de la estrategia de los grandes luchadores de kung-fu.

La alternativa a la respuesta de luchar o huir es lo que llamo «respuesta modelada con creatividad», la que va más allá de la reacción típica ante los agentes estresantes. La palabra «modelada» indica no sólo que tu respuesta te pertenece, sino que no existe forzosamente una manera correcta o mejor de responder ante los agentes estresantes. Cada uno de nosotros es distinto, y cada uno de nosotros tiene una forma distinta de abordar la vida. Adopta la clase de respuesta que mejor se ajuste a tu personalidad o a la imagen que tienes de ti mismo. Por ejemplo, si te viene bien, echa mano del sentido del humor para calmar tu enojo. También puedes decirte cosas positivas para controlar tus emociones con eficacia. Descubre tu propio modelo de conducta. Observa a las personas que admiras y te inspiran confianza, y modela tu propio comportamiento ante circunstancias estresantes siguiendo su ejemplo. Si te gusta el resultado de la respuesta que han modelado para hacer frente al estrés, trata de hacer lo mismo que ellos.

La palabra «creativa» indica que tu comportamiento va más allá de los limitados extremos del luchar o huir. La creatividad te confiere cierta libertad de elección en tu comportamiento, permitiéndote reaccionar ante un insulto con un arranque inesperado de humor, por ejemplo, en lugar de enojarte como de costumbre.

Permíteme poner un ejemplo. Durante mis años de universitario viví en un semisótano. Un día, al regresar de clase, entré y oí un siniestro chapoteo. Al encender la luz descubrí que todo el apartamento estaba inundado de agua. Me enfurecí al recordar que el casero era un perezoso y que no había pasado a reparar la tubería que goteaba en el techo. Al cabo de un rato, el casero bajó provisto de dos fregonas. Yo estaba tan indignado que no dije esta boca es mía. Sonrió y dijo: «Bueno, ¡al menos ahora ya no tendrás que ir a Venecia!». Su comentario me cogió desprevenido puesto que yo esperaba las consabidas excusas o disculpas. No pude evitar echarme a reír. Su simpático comentario cambió mi percepción de la situación, y pasé de dramatizar a aprovechar una oportunidad de reír. Al fin y al cabo, a mí no me había causado ningún perjuicio, ya que todo el mobiliario era suyo y mis bienes más preciados, mis libros, seguían secos en sus estanterías.

En la segunda guerra mundial se llevó a cabo en Inglaterra un estudio sobre el miedo. Durante los bombardeos nocturnos de Londres, mientras barrios enteros eran destruidos, los investigadores comprobaban los niveles de estrés y de inquietud de la gente de la calle. También efectuaron pruebas a personas que vivían en zonas rurales donde no se producían bombardeos. Sorprendentemente, la gente del campo reveló niveles de inquietud más altos que los habitantes de la ciudad. ¿Por qué? Quizá porque la gente de la ciudad aceptaba los bombardeos como un acontecimiento habitual y adaptaba su forma de vida para hacerles frente. Por su parte, a los campesinos les preocupaba la posibilidad de ser bombardeados, y la imposibilidad de predecir semejante acontecimiento les causaba mucho estrés e inquietud.

Abundan los ejemplos de personas que en momentos de sufrimiento y estrés responden con coraje y creatividad. Stephen Hawking, británico, astrofísico y profesor de matemáticas en la Universidad de Cambridge, perseveró a pesar del dolor y la congoja, fruto de una extraña enfermedad degenerativa muscular, hasta convertirse en el matemático más destacado del mundo, y ha terminado por ocupar la cátedra del mismísimo sir Isaac Newton. Dick York, estrella de la serie televisiva *Embrujada*, padece un enfisema, enfermedad que debilita los pulmones. Pese al hecho de verse obligado a permanecer en casa la mayor parte del tiempo, York se las ingenia para recaudar fondos para los pobres y los necesitados. Una vez dijo: «Yo me encuentro de maravilla, es mi cuerpo el que agoniza». Una joven dama francesa a quien conocí en Italia hace años, cuyos padres murieron en Auschwitz, me dijo que había perdonado a los nazis. Sus viajes por Europa formaban parte de una campaña personal para publicar su historia en los medios de comunicación. Tenía una historia que contar, una historia de odio y genocidio, pero también una historia de perdón.

Éstos son algunos ejemplos destacados de respuestas creativas ante el estrés. Cada uno de estos individuos ha ido más allá de los limitados confines de las típicas (y típicamente negativas) respuestas al estrés. Revelan fuerza moral, paciencia y capacidad de perdón. Las personas así abundan, y todos podemos aprender de su ejemplo para reconducir nuestras poderosas emociones hacia fines constructivos.

2

@

FUENTES DE ESTRÉS

DE DÓNDE PROCEDE EL ESTRÉS

LO QUE HACE difícil el control del estrés, tal como he explicado al exponer el principio APRE, es que vivimos rodeados de fuentes de estrés (a saber, nuestras reacciones ante todo tipo de influencias externas son, en potencia, estresantes). El trabajo, los hijos, los embotellamientos de tráfico, las relaciones personales y nuestra situación económica nos exigen que respondamos, y normalmente lo hacemos de forma nada provechosa ni saludable. En pocas palabras, reaccionamos sin tregua a agentes internos y externos de estrés, y aun así ejercemos un control absoluto sobre nuestros sentimientos.

Podemos dividir los agentes estresantes en dos categorías: predecibles e impredecibles. La primera categoría comprende los acontecimientos que afectan a nuestras vidas durante un período determinado de tiempo. Por ejemplo, los componentes de una pareja aprenden gradualmente a adaptarse al carácter y la idiosincrasia de uno y otro. Esta adaptación suele ser un proceso lento, pero el conocimiento que cada uno adquiere del otro con el tiempo puede hacer que las personalidades respectivas resulten un poco más predecibles. El nacimiento de un hijo constituye otro agente estresante predecible, al ser una de las etapas naturales de la vida. Durante el embarazo y el parto, la mujer pasa por un proceso fácilmente reconocible de cambios fisiológicos y psicológicos. El padre, a su vez, aprende a adaptarse a las necesidades de la madre y del nuevo miembro de la familia.

Por otra parte, algunos de los agentes estresantes más serios de la vida se presentan de la forma más impredecible, o bien, sencillamente, erramos el tiro al predecirlos. Por ejemplo, una pareja puede descubrir verdades desagradables acerca de la personalidad del cónyuge, así como sus expectativas secretas, poco después de haber comenzado la relación. O puede que no terminen de darse cuenta de los sacrificios que reclama el nacimiento de un hijo hasta que hayan pasado unas cuantas noches en vela. La falta de preparación o comprensión puede agravar algunos agentes estresantes que en realidad son bastante fáciles de gobernar.

AGENTES ESTRESANTES PREDECIBLES

Echemos un vistazo a dos de los agentes estresantes más predecibles de la vida, a saber, el trabajo y las expectativas poco realistas.

Trabajo

A muchas personas les desagrada su empleo. Van a trabajar porque tienen que ganarse la vida. Ahora bien, el descontento en el trabajo incrementa el nivel cotidiano de estrés. Procura valorar (juzgar, evaluar) tu propio nivel de satisfacción laboral contestando el siguiente «examen de satisfacción laboral».

Examen de satisfacción laboral

Rodea con un círculo la puntuación de cada pregunta en función de lo acertadamente que describa tus sentimientos y conducta habituales en el trabajo. Los números representan matices entre el comentario de satisfacción escasa de la izquierda y el comentario de satisfacción alta de la derecha. No pienses demasiado tus respuestas, pues sin querer podrías recrear un ideal en lugar de lo que es habitual en ti.

1. Raramente me satisface mi trabajo. 1 2 3 4 5 6 7 8 9 10 Con frecuencia me satisface mi trabajo.

2. Raramente pienso que gano bastante dinero a cambio de lo que hago. 1 2 3 4 5 6 7 8 9 10 Con frecuencia pienso que gano bastante dinero a cambio de lo que hago.

3. Raramente creo tener la oportunidad de prosperar. 1 2 3 4 5 6 7 8 9 10 Con frecuencia creo tener la oportunidad de prosperar.

4. Raramente me llevo bien con mis colegas. 1 2 3 4 5 6 7 8 9 10 Con frecuencia me llevo bien con mis colegas.

5. Raramente me siento parte del equipo de trabajo. 1 2 3 4 5 6 7 8 9 10 Con frecuencia me siento parte del equipo de trabajo.

6. Con frecuencia me abruma la cantidad de trabajo. 1 2 3 4 5 6 7 8 9 10 Raramente me abruma la cantidad de trabajo.

7. Raramente dispongo de tiempo para mi familia. 1 2 3 4 5 6 7 8 9 10 Con frecuencia dispongo de tiempo para mi familia.

8. Raramente trabajo con entusiasmo.   1 2 3 4 5 6 7 8 9 10   Con frecuencia trabajo con entusiasmo.

9. Raramente me parece un desafío mi trabajo.   1 2 3 4 5 6 7 8 9 10   Con frecuencia me parece un desafío mi trabajo.

10. Raramente me fío de las intenciones ajenas.   1 2 3 4 5 6 7 8 9 10   Con frecuencia me fío de las intenciones ajenas.

11. Raramente recibo apoyo por mis ideas.   1 2 3 4 5 6 7 8 9 10   Con frecuencia recibo apoyo por mis ideas.

12. Con frecuencia me entran ganas de dejar mi trabajo.   1 2 3 4 5 6 7 8 9 10   Raramente me entran ganas de dejar mi trabajo.

13. Raramente establezco objetivos realistas y estimulantes.   1 2 3 4 5 6 7 8 9 10   Con frecuencia establezco objetivos y estimulantes.

14. Raramente cumplo con las fechas tope.   1 2 3 4 5 6 7 8 9 10   Con frecuencia cumplo con las fechas tope.

15. Raramente considero que mi trabajo tenga importancia.   1 2 3 4 5 6 7 8 9 10   Con frecuencia considero que mi trabajo tiene importancia.

16. Raramente me siento apreciado por mis superiores.   1 2 3 4 5 6 7 8 9 10   Con frecuencia me siento apreciado por mis superiores.

17. Trabajo por dinero. 1 2 3 4 5 6 7 8 9 10 Trabajo por el placer de hacerlo.

18. Con frecuencia comparo mi rendimiento con el de los demás. 1 2 3 4 5 6 7 8 9 10 Raramente comparo mi rendimiento con el de los demás.

19. Raramente me tomo el tiempo adecuado para las comidas. 1 2 3 4 5 6 7 8 9 10 Con frecuencia me tomo el tiempo adecuado para las comidas.

20. Raramente me veo capaz de dominar la situación en caso de conflicto. 1 2 3 4 5 6 7 8 9 10 Con frecuencia me veo capaz de dominar la situación en caso de conflicto.

21. Con frecuencia me llevo mal con mis superiores. 1 2 3 4 5 6 7 8 9 10 Raramente me llevo mal con mis superiores.

22. Con frecuencia me aburro en el trabajo. 1 2 3 4 5 6 7 8 9 10 Raramente me aburro en el trabajo.

23. Con frecuencia sufro estrés por culpa de la contaminación acústica y de las malas condiciones de trabajo. 1 2 3 4 5 6 7 8 9 10 Raramente sufro estrés por culpa de la contaminación acústica y de las malas condiciones de trabajo.

24. Me cuesta encajar las críticas a mi trabajo. 1 2 3 4 5 6 7 8 9 10 Encajo bien las críticas a mi trabajo.

25. Raramente me   1 2 3 4 5 6 7 8 9 10   Con frecuencia me
    satisface   satisface mi
    mi rendimiento.   rendimiento.

26. Raramente defiendo 1 2 3 4 5 6 7 8 9 10   Con frecuencia
    mis derechos.   defiendo mis derechos.

27. Con frecuencia   1 2 3 4 5 6 7 8 9 10   Raramente tengo que
    tengo que llevarme   llevarme trabajo a
    trabajo a casa.   casa.

28. Raramente   1 2 3 4 5 6 7 8 9 10   Con frecuencia
    considero que se   considero que se saca
    saque provecho de   provecho de mi talento.
    mi talento.

29. Con frecuencia   1 2 3 4 5 6 7 8 9 10   Raramente tengo que
    tengo que soportar   soportar un exceso de
    un exceso   de burocracia.
    de burocracia

30. Con frecuencia me 1 2 3 4 5 6 7 8 9 10   Raramente me siento
    siento discriminado.   discriminado.

Recuerda que el objetivo del examen es hacerte consciente del nivel de estrés que soportas en el trabajo. La puntuación es lo de menos. No obstante, si deseas más información, conecta los círculos con un lápiz y obtendrás una línea en zigzag. Entonces pon el libro apaisado y verás una línea que sube y baja entre los lados positivo y negativo del espectro. Ahora vuelve a leer las preguntas otra vez. Piensa en cada situación y en tu respuesta habitual. Siempre que el estrés resulte excesivo, hay tres estrategias posibles para atajarlo:

1. Evitar la situación.
2. Cambiar la situación.
3. Lidiar con la sensación modificando tu conducta.

Fuentes de estrés

Por ejemplo, si sufres estrés porque trabajas demasiadas horas extra, puedes:

1. Cambiar de empleo.
2. Solicitar menos horas extra.
3. Administrar mejor el tiempo, estableciendo nuevas prioridades.
4. Aprender nuevas aptitudes.

Si encuentras que tu nivel de satisfacción laboral es en general bajo, podrías intentar hacer que tu trabajo merezca más la pena (tanto si trabajas en casa como fuera). Considera los consejos siguientes:

1. Utiliza premios y castigos. Al finalizar la jornada, date un premio. Concédete un pequeño regalo o tu postre favorito, o una simple y franca palmada a la espalda. Por otra parte, si no has concluido el trabajo previsto, quédate a terminarlo, pero ni se te ocurra llevártelo a casa. El trabajo y los problemas no tienen que acompañarte a casa. Haz como el agente 007, James Bond, quien, en una ocasión, ya a salvo a bordo de un barco tras haber sido la codiciada presa de un tiburón, se quitaba el traje negro de buzo y dejaba al descubierto un impecable esmoquin blanco debajo. Se presentaba con su característica sonrisa y su frase habitual, «Me llamo Bond, James Bond». ¡Ninguna alusión al agua fría o al tiburón hambriento! Así que, antes de entrar en casa, quítate la ropa de «trabajo» oscura y viste tus pensamientos para el placer.

2. Primero lo más duro. No dejes las tareas más pesadas para el final del día, que es cuando más cansado estás. Organiza la jornada y emprende primero

lo más difícil. Cuando tu nivel de energía está más alto, las tareas arduas no parecen tan difíciles.

3. Haz críticas constructivas y acepta las que te hagan los demás. Si escuchas opiniones sobre tu trabajo, se te ocurrirán ideas para mejorarlo. No insistas en imponer tus ideas (provocando así más estrés). Si eres jefe, ábrete a las ideas y sugerencias de tus empleados. Recuerda que la mente es como un paracaídas: sólo funciona cuando se abre.

4. Sé tu propio diseñador de interiores. Acostúmbrate a introducir cambios en tu puesto de trabajo. Cuelga un póster nuevo en la pared, cambia de taza de café o las fotos que tienes enmarcadas. Efectúa estos cambios tan a menudo como te apetezca. La variedad es la sal de la vida, y un puesto de trabajo atractivo y simpático contribuye a que seas más positivo con lo que haces y el lugar donde lo haces.

No obstante, si todo esto falla, debes considerar la posibilidad de dejar tu trabajo actual por otro más apropiado. Consulta con un asesor laboral que te oriente, y luego toma una decisión.

Permíteme terminar con el consejo que el gran Leonardo da Vinci dio a propósito del trabajo: «De vez en cuando sal, date un pequeño respiro, porque cuando regreses a tu trabajo tu juicio será más firme. Permanecer constantemente en el trabajo te hará perder capacidad de raciocinio. Distánciate un poco, pues entonces el trabajo aparece más pequeño y abarcas más de un vistazo, y toda falta de armonía o proporción se aprecia enseguida». Aunque el consejo de Leonardo se refería al ámbito de la pintura y la escultura, puede aplicarse a cualquier clase de actividad.

Expectativas y objetivos poco realistas

Establecer objetivos tiene muchas ventajas. Tener un objetivo confiere dirección y sentido a la vida. Por otra parte, los objetivos nos permiten lograr mucho más (véase «Establecer objetivos» en el capítulo 8). Con todo, las estadísticas nos dicen que los estudiantes universitarios de primer curso presentan el índice de suicidios más elevado de su grupo de edad. ¿Por qué? ¿Un nuevo entorno? ¿Un estilo de vida estresante? Posiblemente. El factor más importante del elevado índice de suicidios en el primer año, no obstante, lo constituyen las expectativas poco realistas de los padres.

De modo que no anheles lo imposible. Apunta a objetivos alcanzables, y persigue tus ambiciones paso a paso. Obrando así reducirás al mínimo tu nivel de estrés, al mismo tiempo que aumentarás al máximo tu potencial para alcanzar objetivos a largo plazo.

AGENTES ESTRESANTES IMPREDECIBLES

Los cambios principales de la vida constituyen agentes estresantes que plantean retos mayores que los problemas cotidianos. Debes recordar que no sólo los cambios negativos son estresantes. La experiencia de enamorarse puede ser tan estresante como el final de una relación. Asimismo, los retos de un nuevo empleo, un nuevo hogar o un nuevo barrio se cuentan entre los que más te ponen a prueba en la vida, a pesar de que muchos aspectos de tales cambios (conocer personas nuevas, asumir nuevas responsabilidades o descubrir nuevas posibilidades de ocio) también puedan ser estimulantes. En esta sección, no obstante, examinaremos algunos de los cambios traumáticos que a veces ocurren inesperadamente y que nos exigen echar mano de todos nuestros recursos internos y externos para afrontarlos con éxito.

La muerte de un ser querido

Aunque muchos se nieguen a aceptarlo, la muerte es un acontecimiento natural. Tarde o temprano, todos morimos, y sin embargo la mayoría de nosotros preferimos no pensar en ello. Esta actitud evasiva se refleja en el lenguaje: hablamos de «pasar a mejor vida», de «descansar en paz» o de «encontrarse con el Creador», no de «morir». Aunque podamos racionalizar la idea de la muerte, son pocos quienes aceptan la muerte de todo corazón como una fase inevitable de la vida. La mayoría sólo nos percatamos de la necesidad de esta aceptación cuando súbita e inesperadamente un ser querido o alguien muy próximo muere. Entonces nos enfrentamos a un fuerte desafío.

Guardo un vivo recuerdo del día en que mi tío me llamó por teléfono desde Irán para darme la noticia de la muerte de mi abuela. Entonces yo vivía en Italia y no pude asistir al funeral. Compungido y deprimido, la lloré varios días. Me imaginaba a la abuela y entonces me estremecía de nuevo al constatar que nunca volvería a verla. También me sentía culpable por no haber respondido adecuadamente al amor y los sacrificios que dedicó a mi familia.

Por suerte, contaba con un grupo de amigos y parientes. Ellos fueron mi equipo de apoyo. Siempre dispuestos a escucharme y ofrecerme el hombro, me ayudaron en mi aflicción, por más que la mayor parte del tiempo se limitaran a prestarme atención.

Otra muerte que me afectó sobremanera fue la de mi padre. Murió tras siete años de sufrimientos a consecuencia de un accidente de automóvil. A pesar de que a lo largo de los dos últimos años su salud se había deteriorado drásticamente, la noticia me conmocionó. Pocos meses antes de morir sufrió un infarto. Los médicos nos dijeron que su cuerpo era tan frágil que efectuar un masaje cardíaco en caso de emergencia le habría roto las costillas, causándole más daño. Aconsejaron a la familia que autorizara por escrito a no resucitar a mi padre en caso de emergencia, permitiéndole morir. La familia lo discutió y aceptó el consejo de los médicos.

Cuando él estaba enfermo, jamás pensé que su muerte dejaría un vacío tan grande en mi vida. Creía que estaría acostumbrado a su ausencia, pues pasó en cama el último año de su vida sin poder articular palabra. Lo único que podía hacer era mostrar que percibía mi presencia con una sonrisa o un gesto de asentimiento. No me daba cuenta de lo mucho que lo echaría de menos. Hasta después de su muerte no me percaté de la poderosa presencia que suponía en mi vida. Aunque su cuerpo y su mente agonizaran, su espíritu me había afectado vivamente durante mis visitas. ¿Cómo explicar, si no, esa sensación de vacío que siguió a su desaparición?

Durante las primeras semanas después de la muerte de mi padre, soñaba con él todas las noches. Algunos de esos sueños eran plácidos y otros pesadillas perturbadoras. Gradualmente, a lo largo de un período de tres o cuatro meses, los sueños se fueron haciendo menos frecuentes. Parece como si el subconsciente hubiera necesitado ese lapso de tiempo para resolver sus asuntos pendientes.

La vida es un viaje sin fin de crecimiento y desarrollo, y la muerte no significa forzosamente el final de la vida. Esta creencia me ayudó a aceptar la muerte de mi padre. Me ayudó a recordar que ahora estaría más cerca de mí que cuando estaba postrado en la cama. Ahora su espíritu se veía libre de las limitaciones de un cuerpo y una mente debilitados. No dejó de ser mi padre al morir: sigue siendo mi padre y sigo siendo su hijo. Nuestra relación filial ha proseguido en un nivel más elevado.

Los sentimientos que acompañan a la aflicción (conmoción, negación, cólera, culpa, depresión) son naturales e inevitables, pero son nuestras respuestas ante semejante experiencia las que marcan la diferencia y pueden transformar el significado del acontecimiento más trágico. Tal como escribe Erik Blumenthal en *Comprender y ser comprendido*,

> Todos somos seres humanos con capacidad de decisión, y decidimos en mayor o menor grado hacer todo lo que hacemos. Cada pensamiento, cada sentimiento, cada deseo, cada expectativa y cada expresión

es fruto de una decisión que en su mayor parte se toma de forma subconsciente.

Estamos a cargo de nuestras emociones y comportamiento. Quizá no seamos capaces de evitar la muerte de un ser amado, pero podemos elegir la forma de responder ante ella. Podemos responder con una actitud destructiva, llorando sin cesar, negándonos a comer o a ocuparnos de nuestra salud, mostrándonos agresivos con los demás o con nosotros mismos, o abusando de las drogas y el alcohol. O bien podemos responder de formas más creativas y espirituales. Si tenemos creencias religiosas, podemos recuperar el equilibrio mediante la fe en el Creador y la vida del alma después de la muerte. Podemos rezar, hablar y manifestar nuestras emociones creativamente, aceptar la muerte como un «mensaje de alegría» y contemplar nuestra aflicción como una prueba de crecimiento espiritual.

Ayudar a una persona desconsolada

Ya hemos aludido a las emociones que acompañan al duelo. La primera y más común de éstas es la negación. «A mí no, esto no, ahora no» son las palabras que nos pasan por la cabeza al enterarnos de una noticia trágica; «no puede ser cierto; tiene que haber un error». Las personas experimentan este sentimiento en distintos grados. Una persona quizá niegue la muerte de un ser querido durante unos días; otra quizá contrate los servicios de un médium para comunicarse con aquel a quien ha perdido. Hay quienes aprenden enseguida a desprenderse del pasado, mientras que otros viven anclados en él. La conmoción de la pérdida afecta a las personas de maneras distintas; incluso puede que la primera reacción sea un breve espasmo nervioso, un ataque de risa.

Durante la primera fase de su aflicción, la gente a veces habla y se conduce como si su ser querido siguiera con vida. Tendrás que ser muy paciente con ellos en este momento, y contenerte para no insistir en que acepten el hecho de que su ser amado se ha ido. Escucha su dolor y consuélalos como puedas (véase «Tres consejos para escuchar bien», capítulo 7).

La negación no tardará en ceder el paso a la aceptación, pero esta aceptación también acarrea su propia aflicción. La intensidad de la aflicción varía con la calidad personal de la relación con el fallecido. Puedes alentarlos a hablar y manifestar sus sentimientos. Escucha sin juzgar, y anímalos a expresar lo que eran capaces de dar y recibir de esa persona. No conduce a nada hacer hincapié en lo que podían o debían haber hecho.

La depresión siempre está al alcance de la mano en la fase del proceso de aflicción en la que el doliente se da cuenta de que el ser querido ya no está presente y nunca volverá. Hay quien se siente culpable por no haberle dado más. Escúchalo de todo corazón. Por buenas que sean tus intenciones, no trates de consolarlo con frases tópicas que podrían restar importancia a sus sentimientos o trivializarlos. Para comunicar tu condolencia de forma no verbal, puedes probar con un ejercicio de compenetración como el perfilado en el capítulo 7. Para cambiar el estado de ánimo de alguien, necesitas unirte a él en dicho estado el tiempo necesario para alcanzar un buen grado de compenetración. Entonces es cuando debes intentar modificar su estado de ánimo cambiando el tuyo.

No olvides que ayudar a un doliente a hacer frente a su aflicción puede ser muy estresante, cuando no absolutamente agotador. Presta atención a tu bienestar físico y emocional; no lo descuides. Busca equilibrio entre asistir al proceso de aflicción y mantener una saludable distancia emocional. De este modo el afligido no dependerá en exceso de tus cuidados y atenciones. No dudes en pedir ayuda a un pariente, un amigo o incluso a un profesional si consideras que necesitas apoyo.

Acontecimientos traumáticos

Durante mi estancia en Barcelona, un día apareció una trágica noticia en la pantalla del televisor. Un coche bomba, a todas luces colocado por un grupo terrorista, había explotado, hiriendo de gravedad a la esposa y la hija de un miembro de la policía española. La madre, María Jesús González, perdió un brazo y una pierna; su hija adolescente, Irene, perdió ambas piernas. La pantalla del televisor se llenó con imágenes de las primeras consecuencias de la explosión. La muchacha, desorientada e ignorando todavía lo que le acababa de ocurrir, intentaba ponerse en pie. Me enfurecí y me sentí impotente. Tenía que hacer algo.

Pocas semanas después fui a Madrid a visitar a la mujer y a su hija en el hospital. Llevé un sombrero típico canadiense («Buffalo Bill») para la jovencita y un libro de oraciones para su madre. Fuimos a la cafetería a charlar.

Tenía muchas ganas de conocer la fuente de su compostura y aparente contento. Mencionó tres cosas que consideraba las más importantes. En primer lugar, su fe en Dios. Todo sucede por alguna razón, me dijo; su fe la había ayudado a aceptar el sufrimiento con paciencia. Por extraño e insospechado que parezca, descubrí que además adoptaba una actitud positiva para con el trágico incidente. Ocupaba el pensamiento con lo que podría hacer con su cuerpo ahora, en lugar de con lo que podría haber hecho si aún tuviera los miembros que le habían amputado. Su tercer recurso era el apoyo de los familiares, los amigos y los desconocidos, quienes volcaron en ella y su hija su amor incondicional. Ambas recibieron el apoyo de un entorno dispuesto a alentarlas a manifestar sus emociones.

Esto avivó mi interés por entrevistar a otros compatriotas suyos, también víctimas del terrorismo. Seis años antes, en uno de los peores atentados terroristas de la historia de España, una bomba había hecho explosión en un supermercado de Barcelona. Hubo muchos muertos, entre ellos una mujer y sus dos hijas.

Conocí al padre de esta familia, Álvaro Cabrerizo. Una vez más, me preguntaba cómo había hecho frente a la muerte de su esposa e hijas. Me dijo que al principio no quería creer en sus muertes, y que se había negado a aceptar la verdad durante varios meses. Durante este tiempo se dio a la bebida y lloraba todo el día. Estaba enojado con el mundo y se sentía culpable por no haber estado con su esposa y sus hijas en el supermercado. Llegó incluso a rechazar el apoyo de sus amigos y familiares.

Ahora bien, sus amigos no se dieron por vencidos. Siguieron ofreciéndole su apoyo hasta que fue capaz de aceptarlo. Poco a poco, fue reconociendo sus emociones y les hizo frente. Acudió a la consulta de un psicólogo que le enseñó a manifestar la cólera y la culpabilidad de manera creativa. Con el tiempo comenzó a recuperar la responsabilidad de sus sentimientos y de su salud, recobró las ganas de trabajar, y se fijó objetivos con vistas al futuro. Me dijo que sus recursos principales eran tres: la fe en Dios, el apoyo de un grupo de personas afectuosas y la voluntad de seguir viviendo.

Mis entrevistados daban muestras de compartir muchas de las respuestas espirituales a las crisis que el doctor Abdu'lMissagh Ghadirian menciona en su libro *Ageing*:

- mayor confianza en la fe y las creencias personales;
- mayor capacidad para aceptar el dolor y el sufrimiento;
- conciencia de la propia impotencia e imperfección;
- reconocimiento de una fuente superior de fuerza y perfección: el Creador;
- confianza en la oración y la meditación;
- un renovado sentido de propósito en la vida. (p. 75)

Los accidentes son impredecibles, suceden sin previo aviso. Podemos aprender del ejemplo de una madre y su hija adolescente que hacen frente a su tragedia orientándose hacia el futuro en lugar de anclarse en el pasado. O del caso de un padre cuya familia entera es destruida al azar y de manera absurda, pero que moviliza sus recursos y mira al futuro con optimismo. Nosotros también podemos concentrar los pensamientos y la energía en reforzar nuestro carácter y desarrollar nuestros recursos internos. Nosotros también podemos consolarnos con el conocimiento de que la fuerza del espíritu humano es mayor que la del acontecimiento más trágico y doloroso.

Desastres naturales

Así como en ocasiones culpamos de los accidentes a los seres humanos, culpamos de los desastres naturales a la acción de la naturaleza. No obstante, el sentimiento de impotencia ante tales fuerzas sin duda puede abrumarnos.

Cuando mis padres se mudaron a un pequeño pueblo de Irán llamado Abhar as Bahá'í a principios de los cuarenta, pasaron muchos apuros. Además de la predecible persecución y discriminación, la naturaleza añadió sus propias dificultades. Uno de los apuros más graves lo causaba un río que atravesaba el pueblo. Este caprichoso curso de agua se conocía como «Dalee Chay», el río loco, porque de vez en cuando se desbordaba, inundando el pueblo.

La segunda inundación después de su llegada, según mi madre, fue la peor. Hacía un día nublado; la tormenta no tardó en estallar y empezó a llover sin parar. El nivel de las aguas del río subió con gran rapidez, y se inundaron las calles del pueblo. Al cabo de poco la casa comenzó a llenarse de agua, de modo que mi padre hizo subir a todos a la azotea, desde donde contemplaron cómo el río se adueñaba del pueblo. Llovía tan copiosamente que uno de mis hermanos, a la sazón de tres años, dijo «Dios ha abierto todos los grifos», y todo el mundo se echó a reír.

Poco a poco se fueron inundando todas las estancias de la casa. Mi familia vio cómo se alejaban sus pertenencias flotando en el agua cenagosa. Cuando los muros comenzaron a ceder bajo el peso del agua, los amenazó un grave peligro. Olas de cuatro metros barrían casas enteras. Mis padres rezaban a Dios suplicando protección en medio del caos y la destrucción.

De pronto, las encrespadas aguas de la crecida derribaron una casa un poco más arriba de la misma calle y el curso de las aguas cambió de dirección; mi familia se salvó de milagro. Esperaron a que la lluvia amainara y que las aguas volvieran a su nivel habitual. Aquel día terrible fue el 3 de noviembre de 1957.

Después de este acontecimiento, la serenidad reinó en mi familia: la fe en Dios, la paciencia y el sentido del humor les prestaron una defensa espiritual para hacer frente a una situación espantosa absolutamente impredecible.

Quedarse sin trabajo

Los años noventa han sido un tiempo estimulante hasta la fecha. Las proezas tecnológicas en el campo de la robótica, las comunicaciones y el tratamiento de datos han sentado las bases de un mercado de trabajo cada vez más competitivo. Quizá quepa resumir el espíritu de esta década en dos palabras: cambio constante. Repentinos e impredecibles cambios en el terreno político, social y económico han afectado al mundo laboral. Las organizaciones tienen dificultades para estar a la altura de estos cambios. Hasta hace pocas décadas las grandes empresas japonesas establecían objetivos a largo plazo, ¡previendo las tendencias del mercado con doscientos años de antelación! Hoy en día, hasta una previsión para los próximos veinte años sería poco realista.

En los años sesenta, la gente estaba insatisfecha y desilusionada de las grandes organizaciones, principalmente porque no podían cubrir las necesidades de sus empleados. En los años setenta, se introdujeron grandes mejoras en los procedimientos de seguridad, en la política empresarial, el margen de beneficio y el trato a las mujeres y las minorías étnicas. Estas mejoras, con una creciente preocupación por el factor humano, continuaron en los años ochenta con el aumento de los presupuestos asignados a la formación y promoción de los empleados. Sin embargo, en los últimos años, muchas empresas han efectuado importantes recortes de plantilla, reduciendo notablemente su volumen de empleados. Un número creciente de grandes empresas han dado muestras de preferir contratar personal a media jornada, que no disfruta de los mismos beneficios que el personal de jornada completa y por consiguiente sale más barato. Esta tendencia ha acentuado la inestabilidad del mercado de trabajo. Al parecer ya no podemos contar con ser empleados de una misma empresa durante mucho tiempo.

Quedarse sin trabajo puede resultar una experiencia devastadora. Las pérdidas económicas quizá sean menos importantes que los aspectos emocional y mental. Muchas personas consideran que han fracasado, pierden la autoestima y se culpan a sí mismos o a terceros de la pérdida de su empleo. Las personas religiosas a menudo sienten que Dios las ha abandonado.

En algunos casos, quedarse sin trabajo puede constituir una experiencia gratificante si se considera como un punto de inflexión. Puedes tomarte un tiempo para revisar tus objetivos y tomar en consideración otras carreras, o quizá haya llegado el momento de montar tu propio negocio. Quizá te convenga poner al día tus conocimientos y aptitudes. Visitar a un asesor profesional suele ser un paso acertado. Éste puede ser un momento estimulante si te mantienes motivado para aprender cosas nuevas.

He aquí algunos consejos para ayudarte a superar el estresante tiempo que media entre dos empleos:

- Recuerda que eres una persona capaz y digna de consideración. La habilidad y la experiencia no se pierden: son parte de ti. Este período de estrés te ayudará a echar mano de tu potencial y tus recursos internos.
- Cada mañana debes vestirte y salir de casa. Planifica la semana como si tuvieras trabajo. No caigas en la trampa de levantarte tarde y vagar por ahí en bata y ropa interior por el mero hecho de no tener que ir a ninguna parte. Quedarse tumbado en casa termina por deprimirte.
- Acuérdate de pasarlo bien. No pienses que no mereces disfrutar porque no estés trabajando. Incluye

visitas a museos y salidas al cine u otras alternativas de bajo coste en tu plan semanal.

- Reflexiona sobre lo que querrías hacer. ¿Quieres encontrar trabajo en el mismo campo que antes? ¿Prefieres cambiar de profesión? ¿Quieres montar tu propio negocio? Consulta a un asesor profesional y toma una decisión. Entonces fija un plan de acción y ponte manos a la obra. Recuerda que el setenta por ciento de puestos disponibles pueden no aparecer anunciados. Selecciona las empresas para las que querrías trabajar y escríbeles cartas ofreciendo tus servicios.

Dificultades económicas

Casi todo el mundo ha tenido dificultades económicas en algún momento de la vida. Al parecer es ley universal que pasemos por altibajos económicos de una forma u otra. Las cifras del desempleo han aumentado en los últimos años. Cada vez son más quienes se quedan sin trabajo, cosa que con frecuencia ocasiona dificultades económicas. La mejor estrategia a seguir es una cuidadosa administración de tus ganancias y ahorros durante las épocas de prosperidad, de modo que si ocurre lo peor y pierdes el empleo tengas de dónde echar mano en los tiempos de escasez.

Esta ley económica parece ridículamente simple, pero con frecuencia se pasa por alto: gasta siempre menos de lo que ganas. Hay cantidad de inventos que inducen a las personas a quebrantar esta ley fundamental. Las tarjetas de crédito, por ejemplo, son herramientas prácticas en manos de todo el mundo. Resultan útiles cuando te quedas sin efectivo, pero presentan la desventaja de ser muy fáciles de usar. Otro problema lo constituye el aparente atractivo de los sistemas de pago a disposición de los compradores. Los anunciantes no se cansan de repetirnos «¡compre ahora y no pague hasta el año que viene!». Recurrir a esta posibilidad puede ser práctico si encaja en un presupuesto bien planificado. No obstante, si careces de disciplina y de un método eficaz para administrar tu dinero, tales ofertas pueden ocasionarte estrés económico.

Abundan los recursos para ayudarte a planificar un presupuesto. Puedes sacar provecho de la consulta a un asesor financiero o de la lectura de libros sobre administración de dinero. Estos recursos te ayudarán a establecer un presupuesto realista y a llevar un control de tus gastos de forma constante. Lo más importante es que planifiques con antelación, para gozar de suficiente seguridad económica con vistas a evitar situaciones de estrés si te quedas sin trabajo.

PERDER EL CONTROL

Los agentes estresantes impredecibles tienen otra cosa en común: la pérdida del control. Parece que el destino se nos escape de las manos. Los desafíos más estresantes y exigentes de la vida parecen contener siempre este ingrediente clave. Es como si todos necesitáramos sentir que controlamos nuestra vida hasta cierto punto. Un estudio en el que se pedía a un grupo de agentes de policía que hicieran una lista de los agentes estresantes reveló que consideraban que recibir mala prensa era más estresante que efectuar un arresto peligroso. ¿Por qué? Durante un arresto sentían que controlaban la situación, pero la descripción de su labor que aparecía en la prensa escapaba a su control.

Un experimento clásico con ratas mostró la relación que existe entre el control y la salud física. Los experimentadores aplicaron ligeras descargas eléctricas a dos ratas de laboratorio. Las descargas eran lo bastante fuertes para irritarlas pero no para hacerles daño. Sólo una rata tenía la oportunidad de evitar la descarga haciendo girar una rueda. Antes de cada descarga sonaba una señal de aviso. Cada vez que la primera rata no acertaba a hacer girar la rueda, ambas ratas recibían la misma descarga. Los resultados revelaron que la segunda rata se mostraba más propensa a las úlceras. Las diferencias observadas en su salud revelaban: una dispone de un medio de control sobre lo que le sucede, la otra no.

Fuentes de estrés

¿Qué podemos hacer cuando una situación escapa a nuestro control? A veces nos sentiremos como ratas enjauladas, pero en realidad tenemos recursos espirituales y mentales que nos permiten ser mucho más creativos ante el estrés. Debemos evitar caer en la trampa de la respuesta de huir o luchar. Yendo más allá de las pautas fijas y limitadas de nuestra conducta somos capaces de atravesar los momentos más estresantes con aguante, dignidad y sentido del humor. El objetivo de este libro es ayudarte a aprender y poner en práctica tales habilidades.

Segunda parte

LAS CUATRO DIMENSIONES DEL CONTROL DEL ESTRÉS

3

LA DIMENSIÓN ESPIRITUAL

MUCHOS CIENTÍFICOS (y otras personas) están redescubriendo la idea clásica de que el espíritu está conectado a la mente y el cuerpo. Han llegado a la conclusión de que descuidar cualquier aspecto de nuestra naturaleza perjudica al resto. El planteamiento holístico hace hincapié en la importancia del cuerpo humano y de nuestras emociones y pensamientos. Cada vez son más los médicos que toman en consideración otros aspectos de la afección de sus pacientes además de los consabidos síntomas físicos. Los médicos habilidosos buscan una visión de conjunto lo más completa posible.

La teoría holística también se aplica al control del estrés. Con vistas a recobrar el equilibrio vital, debes prestar atención a todas estas dimensiones: espiritual, mental, emocional y física. Para la mayoría de la gente, el término «espiritual» es sinónimo de «religión», pero no es lo mismo espiritualidad que religiosidad. La espiritualidad es nuestro objetivo en la vida. Del nacimiento a la muerte, procuramos desarrollar nuestro carácter y conducta. Una persona espiritual es la que se esfuerza en adquirir virtudes humanas.

Al hacer frente al estrés y los sufrimientos que la vida nos trae inevitablemente, la dimensión espiritual es la más importante de todas. Por más respiración profunda que practiques en los momentos de estrés, si no cuentas con un enfoque espiritual de la vida te resultará difícil salir airoso de ellos. Las páginas siguientes presentan algunos de los recursos espirituales que tienes a tu entera disposición.

ORACIÓN O CONTEMPLACIÓN

Para muchas personas, rezar constituye una forma eficaz de hacer frente al estrés y el sufrimiento. Su creencia en el amor y la justicia de Dios los ayuda a ser pacientes. Las oraciones los ayudan a perseverar a través de las calamidades y a sobrellevar las dificultades. Cuando rezan, admiten su impotencia, así como el poder de Dios. Esta humildad les confiere fuerza y coraje.

Quienes no tengan una fe religiosa concreta pero sí un sentido de su propia espiritualidad pueden usar la contemplación en lugar de la oración; una paz interior similar a la meditación (véase p. 70). Además, tanto la oración como la contemplación son buenas para ti. Numerosos estudios han señalado la influencia positiva de la oración sobre el organismo. Las personas que rezan presentan, por ejemplo, índices de hipertensión y de apoplejía inferiores, al tiempo que la oración transforma la preocupación en serenidad.

He aquí los cinco pasos que Shoghi Effendi, el Guardián de la Fe Bahá'í, propuso una vez para utilizar la oración como un medio para resolver problemas.

Los 5 pasos de una oración eficaz

Paso I. Reza o medita sobre el problema o el asunto que te preocupa. Emplea las oraciones de las manifestaciones de Dios (es decir, de los profetas tradicionales cristianos, judíos, musulmanes, budistas y bahá'ís), ya que tienen más poder que las oraciones que puedas inventar por tu cuenta. Luego permanece en silencio o en contemplación durante unos minutos.

Paso 2. Toma una decisión y manténte firme en ella. Esta decisión suele aparecer durante la contemplación. Puede parecer casi imposible de realizar, pero si da muestras de ser la respuesta a una oración o la manera de resolver el problema, pasa de inmediato al paso siguiente.

Paso 3. Debes tener la determinación de llevar a cabo la decisión. Muchos fracasan aquí: la decisión, que florece como determinación, se desvanece en un vago deseo o ansia. Cuando surja la determinación, pasa de inmediato al paso siguiente.

Paso 4. Ten fe y confianza en que el poder fluirá a través de ti, la puerta se abrirá, y el pensamiento, mensaje, principio o libro adecuado te será dado. Ten confianza, y recibirás la ayuda que precisas. Entonces, cuando finalices tu oración, pasa de inmediato al quinto paso.

Paso 5. Actúa como si tu oración hubiese sido atendida. Avanza con energía constante e inagotable hacia la consecución de la solución. Y al actuar, tú mismo te convertirás en un imán, atrayendo más fuerza hacia ti, hasta que devengas un canal sin obstáculos por el que fluirá la fuerza divina a través de ti.

Son muchos quienes rezan pero no cumplen la segunda mitad del primer paso, unos instantes de silenciosa contemplación. Hay quien medita y alcanza una decisión pero no logra hacerse firme en ella. Una vez más, muchos carecen de determinación para llevar a cabo la decisión, y aún son menos quienes confían en recibir la ayuda que necesitan. Ahora bien, ¿cuántos recuerdan que deben actuar como si sus oraciones hubiesen sido atendidas? Como dicen las sagradas escrituras bahá'ís: «Mayor que la oración es el espíritu con el que se pronuncia. Y mayor que el modo en que se pronuncia es el espíritu con el que se lleva a cabo».

MEDITACIÓN

No te dejes intimidar o desconcertar por la palabra «meditación». Meditar significa simplemente acallar la mente. Para hacerlo no es preciso que vistas túnicas naranja, que cambies de religión o que adoptes posturas imposibles. La meditación es un estado mental.

A través del cerebro, la meditación tiene un efecto beneficioso sobre tu cuerpo. El lenguaje del cerebro es eléctrico (los encefalogramas registran los cambios de voltaje del cerebro). Cuando meditas, entras en un estado de relajación y el cerebro produce ondas alfa, a ocho o trece ciclos por segundo. (En contraste, durante la vigilia activa, normal y exterior, el cerebro produce ondas beta de entre catorce y cincuenta ciclos por segundo.) El ritmo alfa es característico de una vigilia activa. Al meditar o al utilizar la imaginación visual, es decir, la visualización, para relajarte, estimulas el lado derecho del cerebro, la parte responsable de la pasividad, la vigilia interior, sensaciones flotantes y sensaciones de calma y serenidad.

Dedica media hora al día a practicar la meditación. Si crees que pasar treinta minutos sentado a solas te aburrirá, comienza haciéndolo diez minutos. Luego, con la práctica, ve aumentando la cantidad de tiempo. No hay un tiempo estándar de meditación. Los gurús indios y los monjes budistas meditan unas ocho horas al día. Mi consejo es que medites durante al menos veinte minutos con vistas a empezar a sentirte completamente a gusto con la experiencia que induce la meditación.

Los 4 pasos de una meditación eficaz

Paso I. Siéntate en un lugar tranquilo. Ponte ropa cómoda y holgada y busca la postura que más te convenga.

Asegúrate de que no te interrumpirán durante al menos veinte minutos.

Paso 2. Cierra los ojos. Respira profunda y uniformemente por la nariz. Guía tu respiración durante unos treinta segundos, luego permite que tu subconsciente tome el control y sigue respirando profunda y uniformemente. Localiza las zonas de tensión en tu cuerpo. Comienza por los pies y avanza hasta la cabeza. Fija tu atención en cada parte del cuerpo y ve liberando las tensiones.

Paso 3. Mientras respiras profundamente, debes decirte palabras como «calma», «silencio» y «serenidad», palabras que te ayudarán a relajarte. Recobra de nuevo la conciencia de tu propia respiración para mantener el ritmo sosegado y uniforme. Si no logras respirar profunda y uniformemente, inspira y espira muy profundamente diez veces. Entonces deja que el aire respire por ti.

Paso 4. Deja vagar la mente. Permite que los pensamientos vengan y se vayan; sé pasivo. También puedes dirigir tus pensamientos hacia algo concreto (como las palabras que te vas repitiendo), o puedes concentrarte en partes concretas de tu cuerpo para aumentar la sensación de relajación.

La clave de la meditación es una actitud pasiva. Deja que tus pensamientos vayan a donde quieran mientras el cuerpo se relaja y te proporciona una sensación de bienestar. Cuanto más «intentes» relajarte, o cuanto más te esfuerces en meditar, menos lo conseguirás. No cuentes con descubrir tu «tercer ojo» ni con adivinar el futuro tras media hora de meditación. Y no te preocupes de si meditas a la perfección o no. Lo hagas como lo hagas te hará bien. Muchas personas se frustran porque no obtienen resultados inmediatos, pero el secreto de una meditación beneficiosa es la voluntad de aceptar y alentar las ondas de relajación y pensamiento pasivo cuando toman el control de tu cuerpo.

Debes practicar regularmente si quieres notar los beneficios de la meditación. El consumo de oxígeno, por ejemplo, se reduce, mientras que la resistencia galvánica de la piel aumenta, señal de que el flujo sanguíneo es homogéneo en todo el cuerpo. Además, aumenta tu confianza en tu capacidad para calmar el cuerpo y la mente, de modo que meditar regularmente te ayuda a sentirte sereno y preparado para hacer frente a los retos de la vida cotidiana.

El perdón

Dos monjes estaban paseando al amanecer de un día lluvioso, cuando llegaron a un lugar donde el camino estaba cubierto por medio metro de agua. Una muchacha con un vestido de seda contemplaba aterrada el camino embarrado. Uno de los monjes supuso que quería cruzar y sin dudarlo un instante tomó a la muchacha en brazos y la llevó al otro lado del camino. Mientras los dos monjes regresaban al monasterio, no hablaron. Pero cuando llegaron al monasterio, el segundo monje explotó: «Eres la vergüenza de la orden. Sabes que ni siquiera nos está permitido hablar con las mujeres, por no mencionar el llevarlas en brazos». El primer monje contestó con calma: «Yo la he dejado al otro lado del camino. ¿Acaso tú sigues cargando con ella?».

De todas las virtudes que debemos poseer, el perdón es la más importante para el control del estrés. La capacidad de renunciar a resentimientos del pasado es crucial para tu salud y tu crecimiento espiritual. Aferrarse a antiguos agravios alimenta las hogueras del resentimiento y el estrés.

¿Alguna vez has intentado reconciliar a dos personas en conflicto cuando una y otra sostienen que «jamás perdonarán» a la otra? Por más que te esfuerces en persuadir a las personas en este marco mental para que dejen a un lado el pasado, se resisten y se niegan a perdonar. Ahora bien, mi pregunta a estas personas sería la siguiente: si no perdonas y te desprendes de los viejos resentimientos, ¿quién va a sufrir? ¿Tú o la otra persona? Si no logras perdonar, te conviertes en el blanco de tu propia amargura. El resentimiento nos llena el alma de sentimientos desagradables que nos roban energía sin que nos demos cuenta de ello. Nos convertimos en la víctima de las decisiones que tomamos inducidos por el estrés. Este aumento artificial del nivel de adrenalina puede dar pie a toda una gama de trastornos de salud, que abarcan desde la migraña hasta la úlcera.

Lee con detenimiento el siguiente relato mitológico persa:

Un vagabundo avanzaba trabajosamente por un camino al parecer interminable. Acarreaba consigo toda clase de cargas. Un pesado saco de arena colgado a la espalda; una gran bolsa para el agua en bandolera. En la mano derecha llevaba una piedra con una forma extraña; en la izquierda, un canto rodado. Cadenas oxidadas, con las que arrastraba pesados bultos a través de la arena polvorienta, se le clavaban en los tobillos. Sobre la cabeza, el hombre sostenía en equilibrio una calabaza medio podrida. A cada paso que daba, las cadenas sonaban.

Gimiendo y refunfuñando, avanzaba paso a paso, quejándose de su duro destino y de la fatiga que lo atormentaba. Por el camino, bajo el sol abrasador del mediodía, se encontró con un granjero que le preguntó: «Dime, cansado vagabundo, ¿por qué vas cargado con esa piedra y ese canto rodado?».

«Es una espantosa tontería —respondió el vagabundo—, pero no me había dado cuenta hasta ahora.» Dicho lo cual, arrojó las piedras y se sintió mucho más liviano.

Después de recorrer otro buen trecho de camino, el vagabundo tropezó con otro granjero, que le preguntó: «Dime, cansado vagabundo, ¿por qué te molestas en llevar esa calabaza medio podrida sobre la cabeza, y por qué arrastras esos pesados bultos con las cadenas?».

El vagabundo respondió: «Me alegra mucho que me lo hagas notar. No me daba cuenta de lo que me estaba haciendo a mí mismo». Se liberó de las cadenas y lanzó la calabaza a la cuneta. Una vez más, se sintió más liviano. Pero cuanto más avanzaba, más volvía a padecer.

Un tercer granjero que se aproximaba por el campo observó al vagabundo con asombro y dijo: «Oh, buen hombre, llevas arena en ese saco, pero cuanto abarca la vista es más arena de la que nunca podrías acarrear. Y viendo tu gran bolsa para el agua, parece que te dispongas a cruzar el desierto de Kavir. Y mientras tanto hay un arroyo de agua clara que corre a tu lado y te acompañará mucho tiempo a lo largo del camino».

Al oír estas palabras, el vagabundo rasgó la bolsa y vació en el sendero el agua salobre que contenía. Entonces llenó un hoyo con la arena de la mochila.

Permaneció en pie pasivamente y contempló el ocaso. Los últimos rayos del sol le enviaron su luz. Echó un vistazo a su persona, vio la piedra de molino que llevaba al cuello y se percató de que era aquella piedra la que lo hacía caminar tan doblado sobre sí mismo. Desató la cuerda y arrojó la piedra de molino al río, tan lejos como pudo. Libre de sus cargas, siguió su camino al aire fresco del anochecer en busca de alojamiento.

¿Acarreas un saco de arena, una vieja piedra de molino, cadenas oxidadas o una calabaza medio podrida? ¿No va siendo hora de deshacerse de ellos? ¿Hay alguien en tu vida a quien no hayas perdonado? Te invito a desprenderte del pasado. Incluso si los demás no te perdonan, tú puedes hacer tu parte.

Soy perfectamente consciente de que no se trata de una tarea fácil, pero incluso si llegaras hasta el punto de ponerte en contacto con alguien para ofrecerle tu perdón, la liberación que conseguirías de estas influencias negativas bien merece los sentimientos contradictorios que puedas experimentar. Vacía tu corazón de todo el odio y permite que el amor ocupe su lugar. El perdón es signo de grandeza.

Hay diversas formas de ayudarse a perdonar al prójimo. Si la persona en cuestión ya no está viva, o si no deseas enfrentarte a ella, usa la técnica de la silla. Imagina que esa persona está sentada en una silla delante de ti o a tu lado. Háblale. Expresa tus sentimientos. Desinhíbete. Di lo primero que te pase por la cabeza. Entonces despréndete de tu resentimiento y siente el perdón en su lugar. Puede que hasta quieras abrazar o estrechar la mano de esa persona. Si hablar con una silla vacía te resulta demasiado estrafalario, escribe una carta. Cuando la escribas, pon lo primero que se te ocurra. Deja que tus pensamientos vayan a la deriva. Expresa todos tus sentimientos importantes. Luego, al final, perdona a quienquiera que te agraviara.

Conozco a muchas personas que ante la mera mención de alguien que odian se enfurecen y comienzan a revivir un incidente feo o desgraciado. No se han desprendido del pasado. Despréndete del tuyo y contempla cómo mejora tu vida.

LA FE

Cada uno de nosotros se comporta de acuerdo con lo que cree que es «verdadero» o «posible». La mayor parte de nuestra conducta, de hecho, es el resultado de nuestra fe o sistema de creencias. El catedrático Henry Beecher de la Facultad de Medicina de Harvard dirigió un experimento que ilustra la magnitud del poder de las creencias. Informó a un grupo de pacientes que padecían dolores posoperatorios de que les estaba administrando morfina. En realidad sólo la mitad del grupo tomó morfina; la otra mitad tomó un placebo, pastillas de azúcar. Los investigadores querían saber si el grupo que había ingerido el placebo notaría cierto alivio del dolor, es decir, averiguar si el convencimiento de que habían tomado un analgésico influiría en su reacción ante la molestia. Los resultados fueron asombrosos. ¡Los investigadores descubrieron que el placebo era un setenta y siete por ciento tan eficaz como la morfina verdadera!

Este experimento demuestra la fuerza de las creencias sobre el funcionamiento del cuerpo humano. En nuestra cultura, la morfina es la droga más potente que se utiliza para combatir el dolor. Los pacientes del grupo del placebo experimentaron alivio debido meramente a que esperaban que la supuesta morfina aliviaría su sufrimiento. Nuestras creencias rigen nuestras vidas.

Asimismo, nuestras expectativas sobre las personas y los acontecimientos tienen poderosas implicaciones en nuestra vida cotidiana. No hace mucho tiempo, mientras trabajaba en este libro, fui testigo de los milagros que obra la fe. A última hora de una tarde, un coche atropelló a un caballero de setenta y muchos años mientras cruzaba la calle. Cuando los médicos se dieron cuenta de que su estado era crítico, le propusieron el traslado a un hospital más importante de Toronto. Desde el principio los médicos habían advertido a la familia que el paciente estaba herido de gravedad y que probablemente no viviría mucho tiempo. Nosotros rechazamos la opinión de los médicos; estábamos en nuestro derecho; el paciente era mi padre.

Aquella noche, tras una serie de operaciones de emergencia, lo ingresaron en una unidad de cuidados intensivos, donde los pacientes cuyas vidas penden de un hilo son atendidos continuamente. Cuando mi hermano y yo entramos en aquella habitación llena de máquinas extrañas, mangueras y conectores, mi padre estaba consciente, aunque apenas reconocible. Presentaba el rostro hinchado, y le salía un tubo metálico de un artilugio rarísimo que le habían colocado en la cabeza. Me dijeron que servía para evitar o reducir el exceso de presión en el cerebro.

Me acerqué con cuidado a mi padre y estreché su mano derecha. Entonces le susurré al oído en tono deliberadamente cariñoso: «Querido papá. Soy yo, Arthur, tu hijo. Tienes que luchar. ¡Luchar! Estamos contigo». Luego le pedí que me apretara la mano si me había oído. Lo hizo.

A lo largo del año siguiente mi padre fue mejorando su estado de salud. No tardó en reconocer a sus hijos e hijas, y recobró el habla. No obstante, seguía sin poder mover las piernas, puesto que se le habían roto por varios sitios. Además, una de las rodillas se rompió de tal forma que le impedía estirar la pierna. Su médico nos dijo que sería conveniente que nuestro padre se fuera acostumbrando a la silla de ruedas. Su pronóstico fue que no volvería a caminar. Una vez más, rechazamos su opinión.

Mi hermano David, poco a poco y con persistencia, fue inculcando a mi padre la idea de que un día volvería a caminar. Al principio mi padre apenas le prestaba atención. Al fin y al cabo, contaba con lo que él consideraba pruebas concluyentes de que era en extremo improbable que volviera a caminar: había la opinión del médico, el insoportable dolor de la rodilla derecha cuando intentaba estirarla y el consejo de amigos y parientes que insistían en que debía comenzar a afrontar lo que a su parecer eran las consecuencias inevitables del accidente.

Sin embargo, mi hermano siguió insistiendo en que podría caminar. La contagiosa fe de mi hermano no tardó en empezar a alterar el punto de vista de mi padre. Empezó a cooperar con los fisioterapeutas. Su deseo de caminar fue en aumento día tras día. Si los terapeutas le pedían que hiciera un ejercicio más, él hacía dos o tres, y a diario esperaba con ansia el momento de hacer sus ejercicios. Daba la impresión de que nada podría detenerlo.

Su estado de salud mejoró. Entonces un día recibimos una llamada del hospital para comunicarnos que se había caído de la silla de ruedas y que había sufrido una herida sin importancia. Cuando entramos en su habitación lo encontramos con un ojo a la funerala. Había intentado ponerse en pie pero no había podido estirar la pierna derecha. Había perdido el equilibrio y al caer se había dado un golpe contra la cama. Lo instamos a tener más paciencia, a recordar que se curaría gradualmente, no así de pronto. Una semana más tarde otra llamada del hospital nos avisó de una nueva caída. Terminamos por acostumbrarnos a verlo con cortes y magulladuras en la cara y las manos.

Pasaron cinco meses. Un día entramos en su habitación del hospital y descubrimos que había bajado de la cama. Había alguien en el cuarto de baño lavándose las manos. ¡No podíamos dar crédito a lo que veían nuestros ojos! ¡Era nuestro padre! Unas semanas después empezó a caminar ayudándose con un andador y por fin lo pudo hacer por su cuenta. Pocos meses después estaba en condiciones de dar su paseo diario sin ayuda de ninguna clase.

¿Qué hizo caminar a mi padre? ¿Qué mecanismo o recurso utilizó para superar sus limitaciones físicas? ¿Cómo se explica esta milagrosa recuperación? Su médico probablemente clasificaría su caso como uno de «recuperación espontánea», pero seguramente resulta más exacto considerar su curación como un triunfo de la fe sobre la experiencia.

Los fenómenos hipnóticos ofrecen otros ejemplos del poder de la fe. Mientras me formaba como hipnoterapeuta, aprendí los asombrosos efectos que tiene la sugestión sobre el cuerpo. En una de mis primeras sesiones de prácticas, hice de conejillo de Indias para una demostración sobre anestesia local. Mediante la sugestión, el hipnotizador me relajó para luego asegurarme que no sentiría ningún dolor cuando me clavara una aguja esterilizada a través de la piel del dorso de la mano derecha. Confirmando su predicción, no sentí dolor alguno, porque creía en la capacidad de mi instructor. Había demostrado ser competente y contaba con mi plena confianza. Creía sus sugestiones y las aceptaba sin asomo de duda.

La historia de la hipnosis está repleta de casos de lo más desconcertante. Los más dramáticos son los relatos de operaciones efectuadas empleando la sugestión hipnótica en lugar de anestesia. Durante tales operaciones el hipnoterapeuta ayuda al paciente a alcanzar un estado semejante al trance lo bastante profundo como para controlar el dolor.

En uno de estos pasmosos casos, el doctor Victor Rausch, un experimentado hipnoterapeuta, empleó la autohipnosis para ayudarse a soportar el dolor causado al extirparle la vesícula biliar. Su caso es más excepcional si cabe, porque no se empleó ninguna anestesia ni analgésico durante ni después de la operación. El doctor Rausch, a quien conozco desde entonces, escribe sobre su experiencia:

> En el preciso instante en que se efectuó la incisión, ocurrieron varias cosas simultáneamente. Noté que algo fluía por todo mi cuerpo... De pronto fui mucho más consciente de cuanto me rodeaba... Mantuve los ojos abiertos y los miembros del equipo que me operaba dijeron que no mostraba tensión visible en los músculos, que no se me alteró la respiración, que los ojos no pestañearon ni me cambió la expresión del rostro.

Antes de la operación, el doctor Rausch subrayó la importancia de las expectativas:

> Volví a asegurar a todo el mundo [del equipo que lo operaba] que me sentía bien, y traté de explicar la importancia de la expectativa... Sólo les pedí que me transmitieran buenas «vibraciones» mentalmente y que previeran y contaran con un éxito rotundo.

Comprender el poder de la expectación es crucial para gestionar el estrés. La persona que toma drogas o bebe sin moderación en los momentos de estrés tiene un sentido limitado de su capacidad para hacer frente al estrés sin ayuda artificial o química. Dichas personas cuentan con que las drogas que toman les calmen los nervios, pero pagan por ello, innecesariamente, un precio muy alto.

4

❀

LA DIMENSIÓN MENTAL

L<small>A MENTE PUEDE</small> trabajar a favor o en contra de nosotros. Si permanecemos pasivos cuando padecemos estrés, nos convertimos en víctimas de los estados adrenalínicos. Ahora bien, si nos hacemos cargo de la situación, podemos evitar muchos síntomas desagradables. Ten presentes las siguientes formas de utilizar la mente en beneficio propio.

VISUALIZACIÓN

Antes de escribir este capítulo, fui a la cocina y saqué un limón grande de la nevera. Lo corté por la mitad y exprimí el jugo en mi boca. Al notar el sabor ácido del zumo del limón... ¿Qué está pasando? ¿Estás salivando? ¿Por qué? No tienes la boca llena de zumo de limón, ¡y aun así salivas! Acabas de ser testigo de una de las maravillas de la mente: respondes a estímulos imaginarios como si fuesen reales.

Por cierto, ¿sabías que España es uno de los mayores productores mundiales de limones? España es un país bendecido por un clima cálido y soleado. En verano, las playas españolas son el lugar ideal para descansar. Puedes tumbarte en la arena blanca, sentir la brisa ligera acariciarte la piel y absorber el calor del sol mientras escuchas el murmullo de las olas que rompen en la orilla... Si continúo con la imagen de la playa, muy pronto comenzarás a relajarte aunque no estés en un sitio próximo a una playa. La lección que debes aprender de los ejemplos del limón y la playa es ésta: respondes fisiológica y psicológicamente a cualquier imagen que guardes en mente.

Puedes utilizar este principio para relajarte durante la pausa matutina para un tentempié. En lugar de estimular artificialmente la liberación de adrenalina en el organismo bebiendo café, puedes dar un paseo por el parque, tenderte en la playa o darte un buen baño, de forma mental. También puedes utilizar esta técnica antes de una entrevista. En lugar de preocuparte por la entrevista, puedes imaginar una situación en la que estuvieras relajado y confiado. Entonces imagina que la entrevista sale bien. No te aburras ni te pongas nervioso en las salas de espera o en los embotellamientos de tráfico; usa tu imaginación para realizar un viaje mental.

La visualización es una poderosa herramienta de curación. Muchos pacientes con cáncer utilizan técnicas de visualización para intentar acelerar el proceso de curación. Por ejemplo, algunos programas de autoayuda desarrollados por la Canadian Cancer Society enseñan a los pacientes con cáncer a imaginar que tienen un foco en el cuerpo que volatiliza las células cancerígenas y refuerza las sanas. Si estás interesado en este tema, te recomiendo el maravilloso libro del doctor Bernie Siegel, *Amor, medicina milagrosa*. En este libro el doctor Siegel explica cómo ayuda a sus pacientes con cáncer a emplear la imaginación para curarse a sí mismos. (Exploro en profundidad la curación mediante la imaginación en el apéndice 1.)

Una vez enseñé a un hombre a mitigar su problema mediante el uso de la visualización. Había asistido a uno de mis seminarios en la Universidad de Waterloo y pensó que yo podría ayudarle. Me dijo que cada vez que deseaba rezar o leer las sagradas escrituras de su religión, «veía» y «sentía» una monstruosa lanza, horriblemente afilada, que se le acercaba por detrás para clavársele en la espalda. Esta imagen le impedía acercarse a los libros de oraciones y a las sagradas escrituras. Me confesó que tiempo atrás había sido sexualmente promiscuo y que en el presente quería cumplir con uno de sus deberes religiosos mediante la oración, pero que no conseguía hacerlo. Le pregunté si tenía verdadera fe en su religión. «He pedido perdón y mi fe es fuerte», respondió. Le pedí que imaginara un escudo que se iba haciendo más fuerte a medida que crecía su fe. Lo alenté a prestar atención a los pormenores del diseño del escudo, como el color, el tamaño, el olor y la sensación al tacto. Respondió creando una imagen mental con todo lujo de detalles.

Una vez completada esta poderosa imagen, le pedí que se cubriera con el escudo. A continuación le dije que se imaginara sosteniendo el libro de oraciones y rezando. Entonces le pedí que lo hiciera realmente. Titubeando, cogió el libro de oraciones y esbozó una sonrisa. Dijo que «veía» la puntiaguda lanza tratando de clavarse. Dijo que incluso podía «oír» los golpes de la lanza contra el escudo. Un mes más tarde me dijo que la lanza había dejado de molestarlo.

Habrá personas a quienes la técnica de la imaginación visual les resulte difícil de dominar. Si te cuentas entre quienes piensan que no pueden visualizar, recuerda que todos tenemos ensoñaciones de vez en cuando. Y la ensoñación es una forma natural e instintiva de utilizar la imaginación. ¿Cuántas veces, durante una conferencia aburrida, te has sorprendido pensando en tu pasatiempo favorito y has estado lejos de la sala de conferencias en tu imaginación? Permaneces inmerso en tu «película» y eres inconsciente de cuanto te rodea hasta que algo reclama tu atención. Esto es un ejemplo del tipo de proceso mental que acabo de describir. En este capítulo he incluido un guión que puedes seguir para relajarte mediante la imaginación (véase «Un viaje placentero»).

ENTRENAMIENTO AUTÓGENO

Con la imaginación visual relajas el cuerpo manteniendo una imagen en la mente, comunicándote con tu cuerpo a través de imágenes mentales. Con el entrenamiento autógeno le dices literalmente a tu cuerpo que se relaje. Las reacciones «autógenas» son autoproducidas o autogeneradas. Son una forma de entrenamiento desarrollada por Johannes Schultz y Wolfgang Luthe en Alemania, y el fundamento de esta técnica de relajación es una serie de frases simples que te repites a ti mismo. Frases como «tengo el pulso pausado y regular» o «respiro profundamente» han demostrado ser eficaces para producir los cambios fisiológicos deseados en el cuerpo.

Al principio quizá te parezca difícil lograr reacciones autógenas: ten paciencia y practica. Con la práctica adquirirás mayor confianza. Si encuentras que frases como «mi respiración es profunda y regular» no te resultan útiles, prueba con otras. Tal vez te sirva de ayuda poner la sugestión mental en forma de pregunta. Por ejemplo, puedes decirte: «Me pregunto cuánto tardará mi respiración en ser profunda y regular», o también: «Me pregunto cuál de mis manos se calentará antes».

Los 5 pasos de una sugestión autógena eficaz

Antes de iniciar una sesión de sugestión autógena debes encontrar un sitio cómodo y tranquilo donde puedas tenderte. Elige un momento en el que no te interrumpan.

Paso 1. Aflójate la ropa y quítate los zapatos.

Paso 2. Siéntate en un lugar cómodo, a poder ser en un sillón con apoyo para los brazos, la cabeza y las piernas.

Paso 3. Pon los brazos a los lados sin tocar el cuerpo.

Paso 4. Empieza a repetir mentalmente cada una de las frases siguientes, de tres a cinco veces, despacio y con mucha conciencia:

«Mi mano derecha está caliente.»
«Mi mano izquierda está caliente.»
«Mi brazo derecho está caliente.»
«Mi brazo izquierdo está caliente.»
«Mis brazos están calientes.»
«Mi pie derecho está caliente.»
«Mi pie izquierdo está caliente.»
«Mi pierna derecha está caliente.»
«Mi pierna izquierda está caliente.»
«Mis piernas están calientes.»
«Mi respiración es profunda y pausada.»
«Mi pulso es sosegado y regular.»
«Mi pecho está relajado.»
«Los músculos de mis hombros están fláccidos.»
«Los músculos de mi cuello están fláccidos.»
«Mi boca está relajada.»
«Mi lengua está relajada.»
«Mi frente está relajada y fresca.»
«Todo mi cuerpo está caliente y descansado.»

Paso 5. Cuando abras los ojos, estira los brazos y las piernas. Mueve despacio la cabeza e incorpórate.

Paso 6. Permanece sentado unos minutos antes de ponerte en pie. Así volverás a orientarte y te despabilarás de nuevo.

Si es la primera vez que haces ejercicios de relajación, te sorprenderán los cambios de temperatura que experimentará tu cuerpo, además de otras sensaciones corporales desconocidas. Estas nuevas sensaciones incluyen un sentimiento de disociación de tu cuerpo, y tal vez hormigueo y contracciones nerviosas en los dedos. Estas sensaciones son bastante naturales.

Haz un experimento. Mide la temperatura de tu piel durante las sesiones, apoyando un dedo en un termómetro. Advertirás que a medida que el cuerpo se va relajando y disminuye la tensión muscular, la temperatura de la piel aumenta. Experimenta con esta técnica y disfruta de los resultados.

EL DISCURSO INTERIOR

Mientras estás sentado sosteniendo este libro entre las manos, ves la tinta negra en la blancura de la página. Oyes los sonidos que te rodean y notas la temperatura de tus manos. Puede que haya objetos en tu visión periférica. Notas presión donde tu cuerpo está en contacto con el asiento. Mientras respiras, notas la textura de esta página con los dedos. A cada respiración, notas que tu pecho sube y baja. Ahora sientes una apremiante necesidad de tragar. La boca se te hace agua. ¿Ya has tragado saliva?

Permíteme explicar por qué te he hecho tragar (o al menos salivar). Nuestra mente tiene funciones conscientes y subconscientes, y estas últimas controlan gran parte de la actividad de nuestro cuerpo. Los latidos del corazón, la secreción de saliva, el parpadeo de los ojos, la respiración, los cambios de temperatura, la secreción de hormonas y muchas otras funciones corporales se controlan subconscientemente. Se trata de trabajos que normalmente se realizan de forma automática, sin que tú te des cuenta de ello.

Hasta que no termines de leer esta frase, no serás consciente de tu pie derecho. Ahora que ya has leído las dos últimas palabras de la última frase, has cobrado conciencia de tu pie derecho. La conciencia que tenemos de nuestro cuerpo y de los estímulos que recibimos es limitada. Y gracias a Dios que es así, pues sin una conciencia limitada nos veríamos abrumados por el aluvión de información que recibimos sin cesar. Imagínate si tuvieras que controlar conscientemente todos los músculos que intervienen al caminar. Cuando decides caminar, no es preciso que pienses o que te digas a ti mismo: «Veamos, ahora doblo esta rodilla, adelanto un pie, balanceo los brazos», y así sucesivamente. Si lo hicieras, no conseguirías llegar muy lejos.

Para ver lo compleja que es realmente la acción de caminar, observa a un niño cuando aprende a dar sus primeros pasos. Advertirás que hay que aprender conscientemente a caminar. Es decir, el niño tiene que aprender, a base de intentos y errores, la secuencia correcta de contracciones y relajaciones musculares de todos los músculos implicados en este complejo y extraño proceso. El niño prueba y se ejercita hasta que «sobreaprende» los movimientos, pasando entonces la información recién adquirida a la mente subconsciente para que ésta los controle automáticamente en el futuro.

Los movimientos y los cambios físicos no constituyen la única responsabilidad de la mente subconsciente. Parte de nuestros pensamientos y sentimientos también se dan en su ámbito. A menudo tienes un pensamiento negativo sin darte cuenta conscientemente de ello. Esto quizá explique por qué a veces te sientes deprimido o triste sin ninguna razón aparente para que así sea. Quizá te sorprenda enterarte de que una persona tiene una media de ¡cincuenta mil pensamientos al día! Todavía es más sorprendente que los pensamientos negativos (tanto sobre nosotros mismos como sobre los demás) sumen el sesenta por ciento de esta cifra. Un estudio realizado en los Estados Unidos que analizaba el comportamiento verbal de un grupo de padres reveló que en un día cualquiera cada padre dirigía a su hijo una media de cuatrocientas frases negativas (y sólo treinta frases positivas).

Semejante bombardeo de frases negativas puede ejercer un tremendo efecto sobre nuestra forma de gestionar el estrés. Los niños, incluso más que los adultos, tienden a creer en la «mala prensa» de que son objeto. Peor aún, tienden a seguir el ejemplo de sus padres. Como los adultos, se culpan a sí mismos con demasiada frecuencia a propósito de contratiempos o circunstancias que están más allá de su control. Y el discurso interior negativo da lugar a emociones negativas.

Pero tú puedes frenar la marea de tus propios pensamientos negativos. Ante todo, debes reconocer que se trata de tus pensamientos. Nadie te hace pensar mal de ti mismo. Cada vez que te pilles pensando negativamente de ti mismo, di (en voz alta o mentalmente): «¡Basta! ¡Anulado! ¡Anulado!». Entonces, reemplaza el discurso interior negativo con expresiones positivas. Por ejemplo, si tu discurso interior antes de una entrevista es: «El pulso se me acelera. Debo de estar nervioso. Me consta que la voy a fastidiar», puedes sustituir este flujo de comentarios negativos por algo como: «El pulso se me acelera. Debo de estar excitado por esta entrevista. Ésta va a ser la mejor entrevista que haya hecho jamás». Esto no es más que un ejemplo. Usa tu imaginación y creatividad para sustituir tus pensamientos negativos por pensamientos positivos.

Otra manera de combatir tus pensamientos negativos consiste en permitirte breves interludios de discurso interior positivo. A esta técnica la llamo «conversación con el espejo». Si necesitas estimular tu autoestima, ponte delante de un espejo y comprueba tu postura (hombros caídos, cabeza erguida, sonriente y respirando regularmente). Conservando esta postura, di de cinco a diez cosas positivas sobre ti mismo. Puedes decirte cosas como:

> «Me gusto.»
> «Hoy va ser un gran día.»
> «En una situación estresante, respiro profundamente
>   y mantengo la calma.»
> «No importa lo que digan los demás, soy una persona
>   digna de consideración.»
> «Estoy a cargo de mis emociones. Elijo estar contento
>   o triste.»

Una vez expliqué esta «conversación con el espejo» en uno de mis talleres. Uno de los participantes comentó que la conversación con el espejo y el discurso interior positivo podrían convertirlo en una «persona egotista». Es un comentario acertado. Cabe la posibilidad de que te vuelvas egotista si te mientes a ti mismo. Si te consta que estás gordo, no te plantes frente al espejo y digas «Me gusta mi cuerpo esbelto»; asimismo, al volver de una reunión en la que ha sido rechazada una propuesta que has hecho, no digas: «Yo era la única persona inteligente de esa reunión». Esto no es un discurso interior positivo, es autoengaño. Ahora bien, siempre puedes decir: «Estoy gordo. Voy a cambiar de dieta y empezaré a hacer ejercicio. Voy a perder el exceso de grasa. Mientras tanto, si alguien me trata discriminatoriamente debido a mi peso, será su problema. Me gusto y soy una persona digna de consideración». O puedes decir: «En la reunión han rechazado mi idea, no a mí. Sigo siendo una persona digna de consideración». Para aumentar tu autoestima, prueba este ejercicio durante aproximadamente tres semanas y advertirás cómo cambia lo que sientes acerca de ti mismo.

UN VIAJE PLACENTERO

Ya hemos explicado que, en lo que a nuestras reacciones emocionales y físicas se refiere, no existe una gran diferencia entre hacer algo realmente e imaginar vívidamente que lo estás haciendo. Puedes cosechar muchos de los frutos de un día cálido y soleado en la playa imaginando sin más que estás allí.

Lo que sigue es un ejemplo de un «viaje» imaginario de este estilo. Para efectuar este «viaje» es preciso que una persona te lea el guión, o bien puedes grabarlo en una cinta y luego escuchar tu propia voz. Lee el guión despacio y haz una pausa de tres a cinco segundos en los puntos suspensivos. Puedes combinar este viaje con un ejercicio de relajación que incorpore sugestión autógena, o puedes realizar un estiramiento de todo el cuerpo y luego escuchar el «viaje placentero».

Ponte cómodo. Quizá quieras bajar las luces y poner una música sedante de fondo. Al final de esta sesión, concédete todo el tiempo necesario para reorientarte. Ahora, empecemos nuestro «viaje».

Escuchas tranquilamente esta voz, notando las sensaciones de tu cuerpo... viendo los colores que te rodean... y cobrando conciencia de tu respiración, inspirando profundamente y espirando lentamente... Mientras oyes los sonidos que te rodean... cobras conciencia de la temperatura de tus manos... y te sientes relajado... puedes mantener los ojos abiertos o cerrarlos... en realidad no importa que los dejes abiertos o que los cierres, porque seguirás viendo las sombras de los colores... y notas que los músculos de alrededor de los ojos se están relajando mucho... calientes... y relajados... Te sientes tan relajado como si estuvieras en una terraza delante de la playa... Al levantar la vista hacia el cielo azul, ves las gaviotas que vuelan a lo lejos... ves la arena blanca... y oyes las olas romper en la orilla... Al mirar más cerca adviertes la escalera que tienes delante y que conduce hasta la playa... dentro de un momento vas a bajar estas escaleras... cuando tus pies toquen la arena caliente, se quedarán completamente relajados... A cada escalón que bajas te vas sintiendo más a gusto y más relajado... También puedes ver los números pintados en cada escalón... Hay diez escalones y comienzas por el número diez, que es el más alto...

Ahora empieza por el diez... te sientes a gusto y cómodo... al bajar al número nueve... tu mente va a la deriva permitiéndote que te dejes ir... ocho... baja otro escalón, relajando la lengua... la boca... y la mandíbula... permitiendo que las mejillas se relajen... siete... tienes los hombros sueltos y relajados... seis... tu respiración es más profunda y lenta... cinco... a cada paso que das, más relajado te sientes... te sientes seguro... a salvo... y sereno... cuatro... tus brazos están más calientes y relajados... al bajar al escalón número tres... las manos se ponen más calientes... y sientes un hormigueo en los dedos y las manos... dos... las piernas están cómodas y calientes... Al bajar el último escalón, los pies se calientan y se relajan... al tocar la arena caliente te encuentras en la playa...

Mirando el agua azul cristalina, puedes sentir la arena caliente bajo tus pies... cuando empiezas a caminar, oyes las olas rompiendo en la orilla... hueles el aire limpio... y saboreas la sal en los labios... te sientes en paz y relajado... Adviertes una pequeña nube de algodón que atraviesa el cielo... suave y lentamente... La arena está caliente y te tumbas... soltándote mientras tu cuerpo entra en contacto con la arena... mientras tu cuerpo se hunde en la arena caliente y limpia, una brisa suave te envuelve... la brisa empieza a recorrer los dedos de tus pies... sientes su calor y disfrutas del cosquilleo que te produce en los pies... las piernas... la pelvis... el vientre... el pecho... el cuello... la boca... en cuanto la brisa cálida acaricia tu rostro, los ojos se calientan y pesan... haciéndote consciente de que tu cuerpo, de la cabeza a los pies, se hunde profundamente en una relajación total... Mientras oyes el ruido del mar... todos los músculos de tu cuerpo están sueltos y relajados...

Y descubrirás que eres capaz de sentir esta calma... esta tranquilidad... y esta confianza en los momentos de estrés... relajadamente... Cada vez que hagas frente a presiones, se te ocurrirá este pensamiento: ¿Qué puedo aprender de esta situación?... Y siempre estás aprendiendo... no importa cuándo o dónde surja un problema, tú puedes elegir mantener la calma y seguir relajado... y responder con creatividad... una respuesta que demuestra que eres único... no hay otro ser humano igual que tú... un individuo único... una respuesta creativa ante el estrés te hace sentir seguro y

confiado... así es... has aprendido el arte de la relaja-
ción... Tu cuerpo y tu mente memorizan este estado de
relajación para siempre... cada vez que quieras experi-
mentar este estado, inspira profundamente... y déjate
ir... ni siquiera tendrás que pensar en ello... Tu res-
puesta al estrés será creativa... calmada... segura y
confiada... Relájate... tómate el tiempo que precises y
disfruta... eso es... disfruta...

Cuando hayas terminado, respira profundamente
cinco veces, estira el cuerpo y abre los ojos. Al abrir los
ojos, te sentirás refrescado, alerta y lleno de energía.
Además, estarás de muy buen humor.

(Si realizas este ejercicio antes de acostarte, sustituye las dos últimas frases por: «Esta noche dormirás
profundamente. Cuando te despiertes por la mañana,
estarás fresco, alerta, lleno de energía y alegre».)

La calidad de la voz del narrador desempeña una función crucial
en la creación de un estado de relajación. Una voz calmada y sedante
te ayudará a relajarte y, a veces, a dormirte. Recuerda que no pasa
nada si uno se duerme durante un ejercicio como éste. *Abandónate y*
disfruta con lo que ocurre. A medida que practiques y escuches este
guión, la relajación será menos trabajosa y más rápida. ¡Practica y disfruta!

CAMBIAR EL MARCO

Un rey de Oriente Medio tuvo un sueño. Soñó que
se le caían todos los dientes, uno tras otro. Muy disgustado, llamó a su intérprete de sueños. El hombre
escuchó con gran preocupación el relato del rey sobre

su sueño y le dijo: «Su majestad, tengo malas noticias. Tal como ha perdido todos los dientes, perderá a todos los miembros de su familia, uno tras otro». Aquella triste interpretación despertó la ira del rey. El intérprete de sueños, que no tenía nada mejor que ofrecer, fue encarcelado por voluntad del rey, que hizo llamar a otro intérprete de sueños. El segundo hombre lo escuchó contar el sueño y dijo: «Su majestad, tengo buenas noticias. Alcanzará más edad que cualquier otro miembro de su familia. Les sobrevivirá a todos». El rey se regocijó y recompensó generosamente al hombre por decirle aquello. Pero los cortesanos estaban muy sorprendidos. «Tus palabras no han sido distintas de las de tu pobre predecesor. ¿Por qué ha sido castigado y tú en cambio recompensado?», preguntaron. El segundo intérprete de sueños respondió: «Tenéis razón, ambos interpretamos el sueño del mismo modo, pero lo importante no es sólo lo que se dice, sino cómo se dice».

El significado de cualquier acontecimiento depende de su contexto. Saber que tus seres queridos morirán antes que tú puede resultar difícil de digerir emocionalmente. Sin embargo, un desplazamiento lateral del marco de percepción hacia el pensamiento positivo de que tendrás larga vida disminuye tu aflicción. De esta manera, al cambiar mentalmente el marco de una situación estás en condiciones de reconsiderar tu reacción ante ella.

Hace algún tiempo fui a la isla de Tenerife para dar una conferencia. Llegué al hotel a las dos de la madrugada, me presenté al recepcionista y le pedí las llaves de mi habitación. Para mi sorpresa, el recepcionista contestó que no figuraba ningún señor Rowshan en la lista de reservas, de modo que le pedí que me diera cualquier habitación que tuviera disponible para pasar la noche.

Cogí la llave y subí aprisa a una espaciosa suite con un gran ventanal. Poco después, no obstante, advertí que me habían dado una habitación ruidosa que daba a la autopista. Oía los coches pasar a toda velocidad, pero estaba demasiado cansado como para llamar a recepción y quejarme, de modo que decidí soportar el ruido. Huelga decir que aquella noche no dormí bien; pasé toda la noche pendiente del ruido incesante de los coches que pasaban zumbando ante mi ventana.

Por la mañana me despertó la luz del sol. Cuando abrí las cortinas me sorprendió descubrir que mi balcón daba al océano. Era un panorama de ensueño. ¡No había ninguna autopista ruidosa! Había una hermosa vista sobre el mar y acerté a oír el continuo batir de las olas en la orilla. Permanecí diez minutos hipnotizado ante la visión y el sonido del océano Atlántico. La noche siguiente dormí bien, pues me encanta el sonido rítmico y relajante de las olas del mar.

Adviértase cómo distorsionaron la realidad mis suposiciones. Cuando di por sentado que el ruido que oía procedía de una transitada autopista, enmarqué la experiencia como desagradable y la padecí consecuentemente. La noche siguiente oí el mismo ruido, pero lo enmarqué de otra manera, cambiando así mi reacción de incomodidad por una de placer. Tal es el poder del cambio de marco.

Permíteme ilustrar el poder del cambio de marco con otro relato. Hace unos años, durante la boda de mi hermano en Canadá, me llamaron para que ayudara a un muchacho. Mi hermana me dijo que uno de sus amigos, a quien llamaremos Tom, sufría un ataque de pánico. Camino de la habitación de su hotel, mi hermana me contó la terrible experiencia por la que había pasado Tom hacía poco. Unas cuantas noches antes, Tom y un amigo suyo hacían carreras en la autopista. Mientras disfrutaban de la conducción a alta velocidad en sus coches deportivos, el amigo de Tom perdió el control de su coche y se estrelló. Cuando Tom llegó al lugar de los hechos, vio el cadáver magullado de Tom en medio de un charco de sangre. Después de aquel trágico accidente, Tom comenzó a sufrir ataques de pánico cada noche, aproximadamente a la misma hora en que se había producido el accidente.

Cuando entré en su habitación, Tom temblaba en brazos de un amigo suyo. Estaba completamente pálido. Tenía el aspecto de haber visto un fantasma, y en efecto tal era el caso. Me dijo que cada anochecer, hacia las siete de la tarde, se le aparecía el fantasma de su amigo. Tom estaba seguro de que el fantasma le «estrujaría» el corazón toda la noche y que querría llevárselo con él. Viendo a Tom, me di cuenta de que su situación era crítica.

Tenía que hacer algo. Lo convencí de que yo también notaba la presencia del fantasma. «Tu amigo no ha venido para llevarte con él o hacerte ningún daño. Más bien está aquí porque necesita tu ayuda y tus oraciones. Tu amigo, Tom, era muy joven. Su muerte fue demasiado súbita y trágica. Quizá no estaba preparado para morir. Te está pidiendo ayuda. Alivia su dolor.»

Tom me escuchó con gran interés. Entonces le pregunté: «¿Estás dispuesto a ayudar a tu amigo a mitigar su dolor?». Tom asintió y dijo: «Haré lo que sea». Le di mi libro de oraciones de bolsillo y le pregunté si creía en el poder de la oración. Me dijo que no. Así que le dije que de todos modos diría unas oraciones por su amigo. Tras leer la plegaria, le regalé el libro de oraciones y me marché.

A la mañana siguiente, Tom estaba muy sorprendido. Me preguntó qué le había hecho. Me explicó que poco después de que yo me marchara había dejado de sentir la presencia del fantasma y que había dormido toda la noche, cosa que no hacía desde el accidente.

Una vez más constatamos el poder del cambio de marco. En la percepción de Tom, su amigo muerto pasó de ser un fantasma vengativo y malintencionado a convertirse en un alma desesperadamente necesitada de oraciones. La noche ahora le servirá para recordar que es preciso rezar por su querido amigo en lugar de generar miedo y culpa.

¿Hay alguna experiencia de tu vida que necesites cambiar de marco? A continuación expongo una lista de algunas de las quejas más comunes que oigo entre quienes participan en mis seminarios. Intenta cambiarlas de marco. Una vez hayas dado tu propia versión, consulta al final del capítulo otras posibilidades para enmarcar de nuevo estas situaciones. He aquí algunas de las quejas más comunes:

1. Aplazo las decisiones.
2. Cuando sufro estrés, tenso los músculos del cuello y los hombros.
3. Este último año he cometido el error más grave de toda mi vida.
4. No estoy satisfecho con mi empleo.

El supuesto del que parte el cambio de marco es que los seres humanos son inherentemente buenos y que todos los comportamientos humanos son útiles de una forma u otra. Tomemos el aplazamiento de decisiones, por ejemplo. Retrasar el momento de limpiar el horno puede que no sea muy práctico, pero evitar pegar a un niño es más que deseable. Una vez que reconozcas la utilidad de una conducta concreta en otro contexto, puedes decidir contemplarla de una forma distinta, más constructiva.

Por favor, no caigas en la trampa de convertir el cambio de marco en una forma de generar excusas para ti y para los demás. Si aplazas una decisión y cambias el marco de dicho aplazamiento diciendo: «Quizá la tarea o la fecha tope no suponen un reto suficiente... o no estoy preparado. Necesito aprender más», no te detengas aquí. El objetivo del cambio de marco es permitirte apreciar la intención positiva que se oculta tras tu conducta y actuar en consecuencia. Por otra parte, cambiar la etiqueta de la situación o el comportamiento en cuestión te demuestra que existen otros contextos en los que el mismo comportamiento «no deseado» es perfectamente adecuado.

Hay distintas maneras posibles de cambiar de marco los ejemplos que he dado antes. Quizá hayas dado con otras distintas, pero es que hay varias maneras de cambiar de marco estos ejemplos.

1. Si aplazo la decisión de hacer algo, quizá signifique que la tarea no supone un reto estimulante para mí. Voy a fijar una fecha tope más ajustada.
2. Cuando sufro estrés me pongo en tensión. ¿No es

fantástico que mi cuerpo me avise de que necesito relajarme?

3. He cometido varios errores últimamente. Esto significa que durante el año pasado he aprendido más que en toda mi vida.

4. No me gusta mi empleo. Es bueno que reconozca el hecho de que merezco algo mejor. O bien hago algo para mejorar mi actitud ante el trabajo, o bien cambio de empleo.

En este capítulo he descrito sólo algunas de las habilidades mentales que puedes utilizar en los momentos de estrés. Practica cada una de ellas hasta que todas te resulten familiares, y pronto descubrirás cuáles son las que te dan mejor resultado.

5

@

LA DIMENSIÓN EMOCIONAL

TUS EMOCIONES PUEDEN curar o herir tu cuerpo. Si expresas tus emociones de forma constructiva, aprendes y creces; si gestionas mal tus emociones, abres la puerta a un montón de trastornos de equilibrio. Canalizar y expresar creativamente las emociones desempeña una función esencial para el bienestar emocional. He aquí algunos recursos de los que puedes beneficiarte al tiempo que alimentas y conservas tu equilibrio emocional.

EL GRUPO DE APOYO

Si te quedaras sin trabajo, rompieras con tu pareja o muriera un ser querido, ¿a quién llamarías? ¿Cuentas con una persona dispuesta a escucharte en los momentos de estrés? Tu pareja, amigos, colegas o parientes pueden ser fuentes de apoyo emocional. Y todos nos necesitamos unos a otros.

Hablar de nuestros problemas sigue siendo el mejor remedio para ellos. Un estudio sobre los efectos beneficiosos de la psicoterapia mostró diferencias insignificantes entre el consejo profesional y una relación personal basada en la mutua confianza. Discutir a fondo sobre nuestras preocupaciones y problemas ayuda a aliviar el dolor y puede hasta proporcionarte un nuevo enfoque de las soluciones posibles. A menudo basta con saber que hay personas dispuestas a apoyarte para sentirte reconfortado.

Igual que con todo lo demás, a veces hacemos poco uso de nuestros grupos de apoyo. Quizá esperamos que otra persona resuelva nuestros problemas por nosotros. Puede que utilicemos nuestros problemas y emociones como un medio para llamar la atención. Ahora bien, si eres abierto y sincero acerca de tus problemas, lo más probable es que tu grupo de apoyo, aquellos que te quieren y se preocupan por ti, acudan encantados en tu ayuda.

EL TACTO

El contacto humano es vital para el equilibrio emocional. A modo de ejemplo, consideremos el caso de Anna. Anna era una hija ilegítima cuya madre, avergonzada de ella, la mantuvo escondida. Aparte de comida, Anna sólo recibió cuidados mínimos. Pasaba sola la mayor parte del tiempo, y cuando fue descubierta, no sabía caminar ni hablar. La ausencia de contacto humano la había dejado atrofiada física y mentalmente.

Necesitamos contacto humano para percatarnos de todo nuestro potencial humano. El contacto físico es tan importante como la intimidad emocional; y el tacto desempeña un papel fundamental en la labor de mantenernos sanos.

La adrenalina que produce el cuerpo durante la respuesta de luchar o huir da lugar a una serie de reacciones fisiológicas. Ahora bien, el cuerpo también produce sus propios analgésicos naturales, llamados endorfinas. Estas sustancias, semejantes a los opiáceos, liberadas por el cerebro cuando el cuerpo está sometido a esfuerzos, calman el dolor en el sistema nervioso. Por ejemplo, cuando llevas cierto tiempo corriendo, experimentas una agradable sensación conocida como «colocón de corredor», causada por las endorfinas que se han liberado en tu organismo.

Sin embargo, el esfuerzo físico y el dolor no son los únicos activadores de endorfinas. El tacto también hace que el cerebro libere estos tranquilizantes naturales. Un abrazo es un buen medio de hacerte sentir mejor. Virginia Satir, una destacada terapeuta familiar, dijo una vez que todo ser humano necesita seis abrazos al día para conservar el equilibrio emocional. ¿Cuántos abrazos das o recibes al día? ¿Hay alguien a quien puedas abrazar ahora mismo? Deja un momento el libro y dale un fuerte abrazo. ¡Sorpréndelo! No aguardes a las ocasiones especiales para abrazar a las personas que amas.

EL SENTIDO DEL HUMOR Y LA RISA

Mantener una actitud flexible ante la vida nos ayuda a adaptarnos a los cambios y a conservar la cordura emocional. La mejor forma de desterrar la rigidez mental es alimentar el sentido del humor. La capacidad de ver el lado humorístico de cada situación nos alivia y nos ilumina a la vez.

El sentido del humor nos permite liberarnos de las limitaciones de las emociones negativas. Nos ayuda a modificar nuestra perspectiva emocional; ensancha nuestro punto de vista, abriéndonos a nuevos enfoques e incluso a la sabiduría. El buen humor, al cambiar nuestra percepción de los acontecimientos, nos ayuda a encontrar soluciones alternativas.

Una noche soñé que me atacaba un monstruo. Le arrojé piedras e intenté escapar, pero fue en vano. Por más que hiciera para huir de aquel monstruo amenazador, él se hacía más fuerte. De pronto me encontré luchando con el monstruo en el aire. Estábamos flotando, agarrados a las piernas del otro mientras luchábamos. De repente se me ocurrió una idea: comencé a hacerle cosquillas en las plantas de sus gigantescos pies. El monstruo se murió de risa literalmente y se desplomó al suelo. Este sueño me recordó la importancia que reviste un poco de buen humor, y comencé a aplicar la misma perspectiva despreocupada a un grave problema al que me enfrentaba por aquel entonces.

Ríe con los demás y ríete de ti mismo. Cuando exageras cómicamente tus desatinos, comienzas a verte desde fuera en lugar de hacerlo desde dentro, y cuando te contemplas desde este nuevo ángulo, eres más capaz de reconocer tu culpa y tus errores. Reconocerlos constituye el primer paso para rectificarlos.

Informes de accidentes

He aquí unos informes de accidente del tipo «yo no fui», procedentes de archivos oficiales auténticos de la policía y diversas compañías de seguros.

«Volvía a casa, me metí en la casa que no tocaba y choqué contra un árbol que yo no tenía.»

«Choqué con un camión aparcado que venía en sentido contrario.»

«Un peatón me dio un golpe y se metió debajo de mi coche.»

«El tío estaba por toda la calle. Tuve que desviarme varias veces antes de golpearlo.»

«Para no chocar con el coche de delante, arrollé al peatón.»

«Al intentar matar una mosca, tropecé con un poste de teléfono.»

«El peatón no tenía ni idea de hacia dónde correr, así que lo atropellé.»

«La causa indirecta del accidente fue un tipo bajito en un coche pequeño que era un bocazas.»

«Apareció un coche en sentido contrario, salido de ninguna parte, golpeó mi vehículo y se esfumó.

«Vi a un caballero anciano cariacontecido que me miraba desde la capota de mi coche.»

La risa también presenta beneficios fisiológicos. De hecho, la risa ha sido calificada de «minientrenamiento». Cuando te ríes, los músculos del cuello, el pecho, el estómago y el diafragma realizan un buen entrenamiento. Además, el cuerpo descarga más dióxido y produce endorfinas y más células T, esenciales para combatir las enfermedades. La risa es la mejor medicina. Norman Cousins refirió, en su famoso bestséller *Anatomía de una enfermedad*, cómo contribuyó a su propia curación viendo películas de risa. Le habían diagnosticado una enfermedad degenerativa del tejido conjuntivo. Cousins descubrió que media hora de carcajadas le aliviaba el dolor y le concedía dos horas de sueño sin molestias.

Por desgracia, sólo unos pocos hospitales han aprendido del caso de Norman Cousins y han incorporado «salas de risa» en sus planes de tratamiento. Estas salas proporcionan a los pacientes distintos materiales (objetos divertidos, libros, vídeos y juguetes) para hacerlos reír.

Recuerdo que cuando mi padre estuvo ingresado en el hospital, pregunté a una enfermera si disponían de una sala de risa. Me miró con expresión desconcertada y dijo: «¿¡Qué!?». Tras explicarle en qué consistía una sala de risa, se encogió de hombros y dijo que no tenían dinero para financiar instalaciones nuevas.

Al descubrir que no había siquiera un reproductor de vídeo a disposición de los pacientes, me fui a la biblioteca más próxima, alquilé un proyector de películas de 16 mm, y tomé prestada una copia de *Plumas de caballo*, de los hermanos Marx, y una selección de las mejores películas de Chaplin. Mi padre y yo vimos películas y nos reímos durante más de dos horas. Como resultado, se sintió mejor consigo mismo y con su enfermedad, y cambió el efecto aparente que ésta tenía sobre él.

En *Amor, medicina milagrosa*, Bernie Siegel escribe lo siguiente a propósito de los hospitales: «Con frecuencia me pregunto por qué los diseñadores no pueden hacer por lo menos techos bonitos, ya que los pacientes tienen que pasar tantas horas mirándolos. Hay un televisor en cada habitación, pero ¿qué música, qué vídeo creativo o cómico para contribuir a establecer un entorno curativo? ¿Qué libertad se concede a los pacientes para conservar su identidad?

Otórgales el don de la risa. Si un conocido tuyo ingresa en el hospital, en lugar de enviar una tarjeta llena de tópicos que otro escribió, envíale un regalo divertido que prometa gustar a su personalidad en particular. Prueba con un libro humorístico, o un libro de chistes, una cinta divertida de su artista predilecto o, mejor aún, una película de risa. Es mejor medicina en muchos aspectos que cualquier cosa que la enfermera le esté dando a ingerir en un vasito de papel con un poco de agua.

Cómo saber cuándo vas a tener un mal día

La piedra que tienes como mascota intenta morderte.

Te pones el sujetador al revés y te sienta mejor.

Tu hermana gemela se olvida de tu cumpleaños.

Te pones las dos lentillas en el mismo ojo.

Te despiertas con la dentadura postiza pegada.

El jefe te dice que no te molestes en quitarte el abrigo.

Tu pastel de cumpleaños se desmorona bajo el peso de las velas.

Tu cónyuge se despierta sintiéndose amoroso y a ti te duele la cabeza.

Pones las noticias y aparecen las rutas de emergencia para evacuar la ciudad.

Te despiertas y descubres que se te ha roto la cama de agua y entonces te das cuenta de que no tienes ninguna cama de agua.

Quieres ponerte las prendas de ropa que llevabas al llegar de la fiesta, mas no hay ninguna.

El claxon de tu coche se dispara accidentalmente y no deja de sonar mientras entras en la autopista detrás de una banda de motociclistas.

La dimensión emocional

En su conmovedor libro *El hombre en busca de sentido*, el doctor Victor Frankl refiere su experiencia como prisionero en un campo de concentración. Escribe que tras su llegada al campo, después de un afeitado de cuerpo entero, el doctor Frankl y sus compañeros fueron conducidos a las duchas. En las duchas advirtieron el aspecto tan ridículo que ofrecían todos, y se echaron a reír.

El sentido del humor, y la voluntad de los prisioneros para responder ante las circunstancias como les viniera en gana, era algo que los nazis no les podían arrebatar. El doctor Frankl y un amigo suyo se dedicaron a buscar a diario un incidente del que reírse en el campo de concentración. El sentido del humor del doctor Frankl le ayudó a sobrevivir sus experiencias en el campo, a pesar de todas las atrocidades que allí vio.

Desarrolla tu capacidad de reír. En la vida tropezarás con dificultades tanto si te sientes feliz como desgraciado, de modo que tal vez te resulte mejor reír y hacer que el mundo ría contigo. El verdadero sentido del humor no te hace insensible contigo ni con los demás; al contrario, te anima a contemplar los obstáculos como retos. Combate el estrés y los problemas con sentido del humor para enriquecer tu vida.

Emplea la risa como un tranquilizante sin efectos secundarios. Estarás contento y relajado si adquieres la costumbre de reír media hora al día. Hay muchas maneras de comenzar las sesiones de risa aeróbica. Puedes ver telecomedias y películas, coleccionar chistes y anécdotas graciosas, o simplemente mantener una alegre charla con amigos.

Un mal plan

He aquí otro ejemplo de perspectiva humorística ante el estrés. Este informe sobre el accidente de un albañil fue publicado en el boletín de un tribunal de indemnizaciones laborales.

Estimado señor:

Le escribo en respuesta a su solicitud de información adicional para la hoja de informe del accidente. Puse «mal plan» como causa de mi accidente. Usted decía en su carta que debería explicarme mejor y confío en que los siguientes detalles sean suficientes.

Soy albañil de oficio. El día del accidente estaba trabajando solo en el tejado de un edificio de seis pisos. Cuando terminé mi trabajo, descubrí que me habían sobrado más de doscientos kilos de ladrillos. En lugar de acarrearlos a mano, decidí bajarlos en un barril sirviéndome de una polea que, por fortuna, estaba sujeta a un lado del edificio, en el sexto piso.

Tras afianzar la cuerda a nivel del suelo, subí al tejado, colgué el barril y cargué los ladrillos. Entonces volví a bajar y desaté la cuerda, agarrándola con firmeza para garantizar un descenso pausado de los doscientos kilos de ladrillos. Habrá advertido en la hoja de informe del accidente que mi peso es de sesenta kilos.

Debido a la sorpresa de recibir un tirón tan súbito hacia arriba, perdí la presencia de ánimo y olvidé soltar la cuerda. Huelga decir que ascendí más bien aprisa por la pared del edificio.

A la altura del tercer piso, me encontré con el barril que se precipitaba hacia el suelo a una velocidad tan impresionante como la mía. Esto explica la fractura del cráneo, las abrasiones menores y la clavícula rota, tal como figura en la Sección III de la hoja de informe del accidente.

El golpe apenas redujo la marcha, y proseguí mi rápido ascenso sin detenerme hasta que los dedos de mi mano derecha fueron dos nudillos en lo más hondo de la polea.

Por suerte, para entonces había recobrado la presencia de ánimo y fui capaz de agarrarme con fuerza a la cuerda, a pesar del insoportable dolor que estaba empezado a sentir.

Aproximadamente al mismo tiempo, no obstante, el barril de ladrillos chocó contra el suelo y el fondo se desprendió. Libre ahora de la carga de ladrillos, el barril pesaba unos veinte kilos.

Como ya habrá imaginado, inicié un rápido descenso por la fachada del edificio. A la altura del tercer piso, tropecé con el barril que subía. Esto da cuenta de las dos fracturas de tobillo, los dientes rotos y las graves laceraciones de las piernas y la parte baja del tronco.

Aquí empezó a cambiar ligeramente mi suerte. Según parece, el encuentro con el barril me frenó lo bastante como para reducir las heridas sufridas cuando caí sobre el montón de ladrillos y, por suerte, sólo me rompí tres vértebras.

Lamento comunicar, no obstante, que mientras yacía sobre el montón de ladrillos, presa del dolor, incapaz de moverme y con la vista clavada en el barril que tenía seis pisos por encima de mí, volví a perder la compostura y la presencia de ánimo y solté la cuerda.

Sinceramente,
Número de póliza XYZ98765432

La próxima vez que tengas un mal día, trata de verlo desde una perspectiva humorística.

EL CONTROL DEL ESTADO DE ÁNIMO

Nada hay peor que estar de mal humor, porque te quita energía y capacidad de tolerancia. Cuando estás de mal humor, los demás no pueden hacerte sentir mejor. Además, tu frustración por ser incapaz de desprenderte de los sentimientos negativos no hace más que empeorar las cosas. Y se trata de algo que puede tener consecuencias en el trabajo y en el trato con los demás.

Fisiología

Los factores que pueden provocar un cambio de estado de ánimo son numerosos. Ya has visto que un discurso interno negativo puede dar al traste con tu buen humor. La comida también afecta al humor, como aprenderás en el próximo capítulo, pues la fisiología tiene un efecto directo sobre el estado de ánimo, que se ve alterado por factores como la postura, el ritmo de respiración, las expresiones faciales y la calidad de la voz.

Hagamos un experimento para demostrar cómo la fisiología afecta al estado de ánimo, dando por sentado que estás de buen humor y relajado después de haber leído el «informe de accidente» de la sección anterior:

1. Deja caer los hombros y baja la vista al suelo.
2. Manténte en esta posición durante unos quince segundos.
3. Luego incorpórate y sigue leyendo.

¿Qué has notado? ¿La expresión del rostro ha cambiado para encajar con la postura? ¿Cómo se han alterado tus sentimientos? Apuesto a que tu buen humor de antes se ha convertido en una ligera depresión o tristeza. Ahora, manteniendo la misma postura (hombros caídos, cabeza gacha) intenta sonreír y decir «estoy contento». Hazlo ahora. ¿Has observado cómo te costaba sonreír y decir que estabas contento con una voz convincente?

¿Por qué ocurre esto? La razón es que tu cuerpo estaba en una postura asociada a sentimientos de tristeza y depresión, y esto ha influido inmediatamente en lo que sentías sobre ti mismo. ¿Alguna vez has visto a una persona deprimida caminar erguida, con la vista en alto y hablar en un tono de voz firme y decidido? Claro que no. Es casi imposible que alguien se sienta deprimido si sonríe, mira al frente, lleva los hombros en su sitio y habla sin reparos de sí mismo.

Cuando somos felices, sonreímos. Sin embargo, por sorprendente que parezca, lo contrario también es cierto: al sonreír nos ponemos contentos automáticamente. A un grupo de personas aquejadas de depresión se le pidió que sonriera mecánicamente, sin ganas. Recibieron instrucciones de tensar los labios alrededor de la boca y de hacer subir las comisuras. ¿El resultado? Les costaba trabajo sentirse deprimidos, y muchos fueron más felices de inmediato.

Cuando estamos tristes o alegres, las expresiones del rostro reflejan las emociones que sentimos. Ahora bien, ¿lo contrario es también verdad? Es decir, ¿las expresiones del rostro provocan sensaciones? La investigación indica que así es. En un estudio de la Universidad de California, los investigadores pidieron a un grupo de actores que realizaran las contorsiones faciales asociadas a un número determinado de emociones. Los investigadores descubrieron que, durante cada pose, los latidos del corazón de los actores aumentaban y disminuían conforme a sus expresiones faciales.

De modo que sonríe. La próxima vez que te atrape el mal humor, comprueba tu postura, la respiración, la voz y la expresión del rostro. Si hallas cualquiera de estos aspectos de tu fisiología en una situación poco favorable, cámbialo para que te cambie el estado de ánimo. Con esto no estoy indicando que te obligues a ponerte contento cada vez que estés triste. Cada una de tus emociones tiene su momento y su lugar en la vida. Aquí me refiero a los casos en los que te embarga la melancolía sin una razón aparente. La causa puede muy bien no ser emocional, sino fisiológica. De modo que sonríe. Luego, por mera diversión, prueba a sonreír abiertamente y advierte la diferencia.

Prosigamos con nuestro experimento:

4. Mantén los hombros atrás, la espalda derecha y la cabeza erguida, sonríe y respira acompasadamente.
5. Conserva esta postura y di: «Estoy triste».

¿Te ha parecido convincente? Lo dudo. Te ha costado decir «Estoy triste» en esta postura despabilada porque le estabas dando al cerebro dos mensajes contradictorios al mismo tiempo. Tu postura sugería seguridad, de modo que tus pensamientos no han prevalecido. Otra forma de librarse de la melancolía es dar un paseo. Si decides pasear para curar la melancolía, no olvides los puntos siguientes. Mantén la cabeza erguida, la mirada al frente, la espalda derecha, balancea los brazos con naturalidad, camina con paso un poco ligero, algo más aprisa que de costumbre, y respira acompasadamente. Mantén el ritmo de la marcha durante unos cinco minutos. Si lo haces, te aseguro que tu humor cambiará drásticamente. Me consta que parece demasiado simple, pero hazlo y descubre la diferencia.

El clima y la luz

El clima también influye en tu estado de ánimo. Para ser más concretos, la luz del día afecta al equilibrio emocional. En la Línea de Ayuda del Distress Centre recibimos más llamadas de suicidas y deprimidos en diciembre que en cualquier otro mes del año. ¿Por qué en diciembre? En gran medida porque es el mes con los días más cortos y las noches más largas, el mes que trae consigo los rigores del invierno a muchas regiones de Canadá. Los luminosos días del verano nos alegran, mientras que los lóbregos días encapotados nos hacen refunfuñar. Los investigadores han descubierto que la luz solar tiene cierto impacto en la producción de determinadas sustancias químicas en el cerebro; si falta la cantidad de luz solar suficiente, se produce un desequilibrio. Por este motivo los pacientes deprimidos deben exponerse al sol o a una luz fluorescente durante unas cuantas horas cada día. Hasta la luz de un par de gafas con pequeños tubos fluorescentes a pilas sujetos encima de los lentes pueden modificar el estado de ánimo de muchos pacientes deprimidos.

Una cantidad moderada de luz solar es buena para el bienestar emocional. De modo que sal a tomar el sol un par de horas al día. En los días lluviosos de invierno, enciende las luces de tu casa. Según el experto en luz John Ott, autor de *Light, Radiation and You*, la luz fluorescente de amplio espectro es un buen sustituto de la luz natural. Dice que la luz fluorescente azulada que empleamos en las escuelas, las oficinas y las tiendas ejerce un efecto negativo sobre la salud, pero que los fluorescentes de amplio espectro, más calientes, pueden alterarnos el estado de ánimo de manera positiva.

Colores y sonidos

Otras dos cosas que afectan al estado de ánimo y al bienestar emocional son los colores y los sonidos. Colores hay en todas partes; en todo momento nos rodean distintas combinaciones de todos los colores del arco iris. Las investigaciones han revelado que los colores tienen un notable impacto sobre nuestros sentimientos. Los rojos vivos, los naranjas y los amarillos nos transmiten energía, mientras que los verdes y los azules nos inducen sosiego. Los rojos vivos y los amarillos estimulan la circulación de la sangre y hacen subir la temperatura corporal. Los azules y los verdes, los colores «fríos», tienen el efecto contrario. A nadie sorprenderá que los semáforos den el alto mediante una llamativa luz roja, ni que el color de los camerinos sea el relajante verde. Puedes utilizar los colores a tu manera para cambiar de estado de ánimo. En invierno y en los días encapotados, rodéate de colores vivos: rojo, amarillo, naranja y rosa. Puede que los colores vivos no resulten elegantes en invierno, pero si llevar prendas de dichos colores te levanta el ánimo, el esfuerzo merece la pena.

Los sonidos también pueden afectar a nuestro estado de ánimo. Nacemos temerosos de los ruidos fuertes. Por supuesto, se trata de un mecanismo de defensa; nuestros oídos se desarrollaron en un mundo mucho más silencioso. El mundo urbano actual, no obstante, es un lugar ruidoso y los ruidos fuertes pueden provocar una respuesta de estrés, puesto que a menudo nos indican la presencia de algún peligro en el entorno. El cerebro nos alerta con vistas a protegernos. Los ruidos fuertes pueden hacer que nos suba la tensión arterial, acelerar los latidos del corazón e inducir otros síntomas fisiológicos que normalmente van asociados a la respuesta de luchar o huir.

Evita el exceso de ruido. El mejor regalo que puedes hacer a tus oídos es un par de tapones. Llévalos contigo dondequiera que vayas. Si te quedas atrapado en un embotellamiento de tráfico y la gente hace sonar las bocinas frenéticamente, ponte los tapones y tararea tu melodía favorita. También puedes utilizarlos para segar el césped o pasar la aspiradora. Recuerda: si no puedes detener el ruido, interrumpe el efecto que tiene sobre ti poniéndote los tapones.

Ahora bien, no todos los ruidos son malos. La música puede ejercer un efecto beneficioso sobre el estado de ánimo y la salud. Según el doctor Avram Goldstein, farmacólogo de la Uiversidad de Stanford, la música dramática puede provocar que el cerebro libere las sustancias similares a la morfina, conocidas como endorfinas, que he mencionado antes. En otros tiempos se tocaba el arpa para acelerar el proceso de curación. La música tiene la facultad de evocar gran variedad de estados de ánimo y sentimientos. Si quieres ahuyentar la melancolía, escucha tu música rítmica predilecta.

Escucha música con un ritmo irresistible cada vez que necesites cargar las pilas. Es la clase de música que puede alegrarte un lunes por la mañana o un día de lluvia.

Ejemplos de música vigorizante y estimulante

Sinfonía n.º 25, de Mozart
O Fortuna (de *Carmina Burana*), de Carl Orff
Sinfonías tercera (Heroica), quinta, sexta (Pastoral) y
    novena (Coral), de Beethoven.

«La primavera» (de *Las cuatro estaciones*), de Vivaldi
Glorificación de la víctima elegida, de Stravinsky
Cualquier vals de Strauss
Tema de *La guerra de las galaxias*, de John Williams

EL AMOR

Muchos filósofos, poetas y psicólogos han tratado de explicar el concepto del amor, y a todos les ha resultado harto difícil. Algunos están en desacuerdo en los aspectos fundamentales de esta emoción y discuten si el sentimiento amoroso es una necesidad o un deseo. Ahora bien, todos ellos coinciden en considerarlo una de las emociones más intensas.

En este libro me centro en los principios prácticos que pueden utilizarse para recobrar y conservar la salud. De modo que no me extenderé en los aspectos filosóficos y espirituales del amor. Tampoco trataré de definir qué es el amor. Sin embargo, exploraré los beneficios del amor. Permíteme echar mano de una metáfora: el amor es como la electricidad. Pocos conocemos la naturaleza específica de la corriente eléctrica o comprendemos cómo enciende una bombilla, pero todos conocemos de sobra los beneficios de esta forma de energía. Sabemos que, aparte de su capacidad para generar calor, la electricidad da luz. Sin luz no podemos ver, por más buena que sea nuestra vista, de modo que necesitamos electricidad, aunque la mayoría de nosotros no acabemos de comprender cómo funciona. Lo mismo puede decirse del amor.

El amor también es una aptitud, y como toda aptitud o arte, puede aprenderse, ejercitarse y perfeccionarse. Cabe afirmar que una persona no nace «queriendo», sino más bien que una persona cariñosa ha aprendido a dar y recibir amor porque en su vida ha contado con los maestros y los modelos adecuados. Ha tenido la buena suerte de crecer rodeado de personas afectuosas.

Los estudiantes del amor que quieran aprender este arte deberán cumplir ciertos requisitos previos. Ante todo, deben admitir que se trata de un aprendizaje sin fin, que el amor es un viaje, no un destino. El proceso para aprender esta habilidad es continuo y sin fin. La siguiente condición es el deseo. Un deseo ardiente proporciona energía y combate la dilación en todo empeño. Un vivo deseo hará que el estudiante esté siempre dispuesto a dar con humildad y recibir con gratitud.

Otro requisito previo es la persistencia. La persistencia es el ingrediente más esencial para el éxito de cualquier empresa. Una vez que los estudiantes están armados de persistencia, los reveses temporales no afectarán a su motivación. Aman y aprenden de cada experiencia. A lo largo de este viaje los estudiantes encuentran alegría y felicidad así como decepción y dolor, pero el deseo de aprender y crecer les ayuda a soportar los altibajos del viaje.

El cuarto requisito previo es la humildad. Los estudiantes deben estar dispuestos a aprender de todo el mundo: por más experiencia que lleguemos a tener en el arte de amar, debemos permanecer abiertos y dispuestos a aprender. Aprendemos tanto de los mayores como de los jóvenes. El estudiante humilde puede aprender de sus propios errores y perdonar los defectos de los demás.

El último requisito previo es la aceptación. Los estudiantes deben reconocer que cada individuo es único, y respetar a las personas no sólo por quienes son, sino también por quienes pueden llegar a ser. No importa en qué punto de su viaje personal se encuentre un estudiante, pues sabrá que siempre habrá personas más amantes, más espirituales, más sensibles y más inteligentes que él. Cada persona es una combinación única e irrepetible de estas características y virtudes. Por este motivo el estudiante no compara ni juzga la capacidad de amar del prójimo.

Tiempo de desamor

La necesidad de amor es hoy más evidente que nunca, y el número de personas solitarias en nuestra sociedad es enorme. Esto se debe en parte al elevado precio que ponemos a nuestra propia independencia e intimidad; nos da miedo hablar con desconocidos en los lugares públicos. Parece como si todos padeciéramos el síndrome del ascensor: todos somos pasajeros entre plantas, mirándonos los pies unos a otros o contemplando el techo. Si nos vemos obligados a hablar, haremos algún comentario sobre el tiempo.

Por otra parte, nuestras magníficas tecnologías modernas han reducido las distancias entre nosotros. En virtud de diversos artilugios electrónicos, ahora vivimos en lo que Marshall McLuhan denominó «la aldea global». Los aparatos de televisión son ventanas abiertas al mundo y vivimos en una aldea llamada Planeta Tierra.

El principio de «amar al prójimo» sigue siendo válido en nuestra sociedad global. Ahora tenemos dos grupos de vecinos: uno es nuestra comunidad local y el otro está en el resto del mundo. A unos los vemos en persona y a otros los vemos a través de la «ventana» electrónica. Ha llegado la hora de amar a ambas clases de prójimo. Es preciso que reconozcamos que «la Tierra es una sola nación y la humanidad sus ciudadanos». Sólo mediante esta visión global podemos estrechar los lazos entre los miembros de nuestra familia mundial.

Al fin y al cabo, hasta el mundo animal cuenta con una especie de altruismo que actúa en su seno. Hay especies que, cuando se aproxima un depredador, ponen en peligro la propia vida para alertar a los demás. Esta clase de altruismo es una especie de ley biológica del amor que garantiza la supervivencia del grupo, y a veces también se pone de manifiesto entre los seres humanos en los momentos de peligro o desolación. Es un instinto de protección que de vez en cuando sirve para ponernos a salvo.

No obstante, este amor biológico es limitado e incompleto. Los seres humanos tienen la capacidad de trascender las fronteras de esta clase instintiva de amor y abrazar un amor espiritual, un amor incondicional. El doctor Hossein B. Danesh, en un artículo titulado «El desarrollo y las dimensiones del amor en el matrimonio», escribe acerca de esta clase de amor. Explica el concepto mediante metáforas:

El amor incondicional hace referencia a ese proceso en el que el individuo ama a los demás debido a su intrínseca nobleza, belleza, unicidad e identidad con todos los demás miembros de la raza humana...

Además, las personas son como las células de un mismo cuerpo, el cuerpo de la humanidad. Para que el cuerpo sobreviva, deben darse una unidad y armonía fundamentales por parte de cada célula para con todas las demás. Esta unidad es un requisito para la existencia y por consiguiente debe darse de forma incondicional...

Semejante amor puede compararse a la luz del sol. El sol brilla sobre todas las cosas sin ninguna discriminación. No obstante, no todo lo que está expuesto al sol es capaz de sacar provecho de él de la misma manera. Bajo la influencia de la luz solar crecen los rosales y las zarzas, pero cada uno responde según su naturaleza y su nivel de capacidad. Sin embargo, el sol no se ve alentado por uno ni desalentado por otro...

No es fácil adquirir un nivel de amor como éste y, como requisito previo, la persona precisa conocer a fondo la nobleza y la realidad espiritual del hombre, la bondad fundamental de toda la creación y la naturaleza de su amor. Además, debe estar dispuesto a esforzarse por alcanzar este logro, proceso que exige tanto una diligencia constante como estar dispuesto a tolerar el dolor que conlleva el crecimiento.

La acción

¿Cómo transformar esta visión, la de una sociedad mundial más unida y amorosa, en acciones? He aquí unas cuantas sugerencias de cosas que las personas pueden hacer en sus respectivas comunidades:

- Visitar un hospital o una residencia de ancianos con el propósito de hacer compañía a quien esté solo.
- Conocer al menos a una familia necesitada de tu comunidad.
- Hablar con los ancianos. Da tú el primer paso si se muestran tímidos.
- Convertirte en miembro activo de una organización benéfica local.
- Enseñar a tus hijos a dar y amar, llevándolos contigo cuando des a los pobres o ayudes a los necesitados.
- Cuando te encuentres entre desconocidos, rompe el hielo y habla de algo que no sea el tiempo. Alaba a alguien.
- No esperes a Navidad u otras ocasiones especiales para dar. Haz regalos todo el año. Regala algo todos los días: una palabra de aliento, una sonrisa o un cumplido honesto.

Esto no es ni mucho menos una lista exhaustiva. Las personas pueden utilizar la imaginación y convertir el amor al prójimo en una rutina cotidiana.

Escritos sobre el amor

Permíteme cerrar esta sección sobre el amor compartiendo contigo tres de los pasajes más bellos que conozco sobre el amor. Primero, Emmet Fox, en *El sermón de la montaña*:

> No hay dificultad que el amor no supere; ninguna enfermedad que el amor no cure; ninguna puerta que el amor no abra; ningún golfo que el amor no cruce; ningún muro que el amor no pueda derribar; ningún pecado que el amor no pueda redimir... No importa lo asentado que esté el problema; lo inútil

que parezca; lo embrollado que sea el enredo; lo grave que sea el error. Una suficiente conciencia del amor lo disolverá todo. Con tal de que pudieras amar lo bastante, serías el ser más feliz y más poderoso del mundo.

Abdu'lBahá, en *The Divine Art of Living*, escribe esto sobre el amor:

El amor es el secreto de la sagrada Dispensa de Dios, la manifestación de los misericordiosos, el fundamento de las efusiones espirituales. El amor es la amable luz del cielo, el aliento eterno del Espíritu Santo que vivifica el alma humana. El amor es la causa de la revelación de Dios a los hombres, el lazo vital inherente, según la Divina creación, a la realidad de las cosas. El amor es el medio de guiarse en la oscuridad, el vínculo vivo que une a Dios con el hombre, que asegura el progreso de todas las almas iluminadas. El amor es la ley de más grandeza de cuantas rigen este extraordinario Ciclo celestial, el único poder capaz de unir los diversos elementos de este mundo material, la fuerza magnética suprema que dirige los movimientos de las esferas en los reinos celestes. El amor desvela con inagotable e ilimitado poder los misterios latentes del universo. El amor es el espíritu de la vida en el adornado cuerpo de la humanidad, es quien establece la verdadera civilización en este mundo material, y el garante de gloria eterna en toda raza y nación cuyas metas sean elevadas. (pp. 108109)

Por último, en uno de los más hermosos pasajes que jamás se hayan escrito sobre el tema del amor, el apóstol Pablo pone el amor por encima de las demás virtudes espirituales cuando escribe a los corintios:

Puedo hablar la lengua de los hombres y la de los ángeles, mas si carezco de amor, soy como bronce que suena o como címbalo que retiñe.

Puedo tener el don de la profecía y conocer todas las verdades ocultas; quizá mi fe sea lo bastante fuerte para mover montañas; mas si carezco de amor, no soy nada.

Puedo repartir todos mis bienes y hasta entregar mi cuerpo a las llamas, mas si carezco de amor, hacerlo no me hará mejor.

El amor es comprensivo, es servicial y a nadie envidia.

El amor nunca es presuntuoso, ni vanidoso, ni grosero...

El amor no se alegra de la injusticia, y se deleita en la verdad.

No hay límites para su fe, su esperanza, su aguante.

El amor jamás termina...

En una palabra, hay tres cosas que duran siempre: la fe, la esperanza y el amor; pero la más grande es el amor.

(1 Cor 13, 1-13)

6

⊚

LA DIMENSIÓN FÍSICA

HASTA AHORA HEMOS abordado las dimensiones espiritual, mental y emocional del control del estrés, y la dimensión física reviste la misma importancia. Cuidar de la salud física puede incluso tener el efecto de prolongar tu vida:

---

7 maneras de añadir 11 años a tu vida

Un grupo de investigadores americanos estudió el estilo de vida de 7.000 personas durante más de siete años. Su objetivo era identificar los hábitos de las personas más sanas y longevas. Descubrieron que los siete factores siguientes aumentan la esperanza de vida un promedio de 11 años.

1. No fumar
2. Beber con moderación o no beber
3. Hacer ejercicio regularmente
4. Desayunar
5. Mantener un peso normal
6. Comer a las horas
7. Dormir lo necesario

La dimensión física es importante sobre todo porque es la dimensión más elemental. Las dimensiones mental, emocional y espiritual sólo pueden manifestar su poder a través de nuestro cuerpo. Además, tal como hemos dicho antes, la respuesta del estrés tiene un origen biológico; la respuesta de luchar o huir pasa factura ante todo al cuerpo. Los distintos aspectos de nuestro ser están interrelacionados, y si descuidamos cualquiera de ellos, los demás se resienten. Si descuidamos el cuerpo, hacemos la corte a toda suerte de problemas.

EL SISTEMA INMUNOLÓGICO

El sistema inmunológico humano es demasiado complejo para que lo tratemos a fondo en estas páginas, pero para los fines de este libro bastará una exposición simplificada de sus funciones y del fascinante nuevo campo de la psiconeuroinmunología. Semejante trabalenguas es el nombre que recibe la ciencia que estudia los efectos de la mente y las emociones sobre el sistema de defensa inmunológico. Sin un sistema inmunológico seríamos como David, el «niño de la burbuja de plástico», que nació sin sistema inmunológico y tenía que vivir en un entorno sin gérmenes. Sus alimentos eran esterilizados cuidadosamente. Hasta su madre lo besaba y acariciaba a través del plástico. A los doce años, David se sometió a un trasplante de médula, pero murió a causa de las complicaciones que aparecieron tras el trasplante.

Nuestras vidas dependen del sistema inmunológico. Cada minuto, nuestros cuerpos tienen que librar una encarnizada batalla con distintas clases de intrusos. Ahora mismo en tu boca hay más de cincuenta millones de virus y bacterias. Hasta tu cepillo de dientes es un puerto abrigado para los organismos microscópicos. ¡Pero no te asustes! Este zoo de organismos sólo puede ser dañino cuando su número crece por encima de los niveles normales, y el sistema inmunológico lucha contra ellos sin tregua. Por ejemplo, la saliva contiene enzimas que matan a las bacterias.

En este preciso instante tu cuerpo está en pie de guerra. Varios cientos de virus y bacterias distintos están al acecho dentro de ti, y al respirar inhalas miles de estos enemigos que flotan en el aire. Un ejército fiero los aguarda, no obstante, con más de un billón de guerreros (los glóbulos blancos y los anticuerpos de la sangre) a su disposición.

Los componentes del sistema inmunológico

1. **Piel.** La piel constituye tu primera línea defensiva. Cada día miles de trozos de piel muerta se desprenden de tu cuerpo, despojándose así de muchas bacterias. Además, la piel produce ácidos que matan a muchos gérmenes.

2. **Membrana mucosa.** La membrana mucosa es una membrana húmeda que tapiza las fosas nasales, el tracto respiratorio, el tracto gastrointestinal, el sistema pancreático y otras partes del cuerpo. La membrana mucosa secreta una mucosidad que actúa como barrera protectora contra toda clase de gérmenes.

3. **Neutrófilos.** Cuando un invasor se las arregla para atravesar la piel y la mucosa, unas pequeñas células basureras (*scavenger cells*) llamadas neutrófilos se lo tragan. Acuden presurosas al lugar de la infección y se ponen a digerir al enemigo.

4. **Macrófagos.** Estas células basureras (*macro* significa «grande» y *fago* significa «comer») se tragan los materiales ajenos y devoran a los invasores y los detritos, con inclusión de las bacterias muertas. En cuanto estas grandes células basureras tropiezan

con los invasores, avisan a las células colaboradoras T. Procesan y exhiben el antígeno en su propia superficie. Su función inicial es como la de un guardia de seguridad efectuando un registro corporal. Averiguan la identidad de los invasores y se la cuelgan a la espalda. La visión de una identidad desconocida atrae la atención de las células B y las células T.

Los macrófagos tienen distintas funciones. Unos patrullan el organismo en busca de intrusos. Otros se sitúan estratégicamente cerca de tejidos como los pulmones o el hígado para atacar por sorpresa al enemigo.

5. **Células colaboradoras T.** Cuando el sistema inmunológico está en alerta, las células colaboradoras T comienzan a clonarse. Se dividen y transforman en células de memoria que recuerdan el antígeno que ha alterado su naturaleza, de modo que si la invasión se repite, acuden de inmediato, como pistolas codificadas. Una vez transformadas, las células colaboradoras T emiten señales que estimulan la producción de células B. Las células colaboradoras T estiman la gravedad de la invasión e informan al resto del ejército. Esta función es semejante a la tarea de un bombero jefe que llegara el primero al lugar de los hechos para luego informar a sus efectivos de lo que les aguarda.

6. **Células B.** Cuando una célula B reconoce a un antígeno extraño, se transforma en una célula de plasma, a saber, una fábrica de anticuerpos. ¡Las células de plasma pueden secretar dos mil anticuerpos por segundo! Igual que las células T, las células B actúan como células de memoria inmunológica, ge-

neradas durante el primer encuentro con la infección. Estas células de memoria circulan por todo el cuerpo, a la espera de responder rápidamente ante una segunda invasión del enemigo.

7. **Células agresoras.** Éstas las reclutan las células colaboradoras T. Las células agresoras son especialistas en matar sin piedad a las propias células del cuerpo que han sido invadidas o se han vuelto cancerígenas. Se pegan como sanguijuelas al enemigo y entonces secretan sustancias químicas que desintegran a sus víctimas.

8. **Anticuerpos.** Se trata de proteínas con forma de Y. Un vez que salen de la fábrica de las células de plasma, se pegan a los antígenos como uña y carne. El anticuerpo se aferra primero a la cabeza de la bacteria, introduciendo sus «cuernos» en el cuerpo del enemigo con la cola colgando fuera. En esta fase, los anticuerpos se convierten en el medio de destruir el objetivo.

9. **Células supresoras T.** Una vez conquistado el enemigo, las células supresoras T anuncian el fin de la batalla al ejército del sistema inmunológico.

El ejército de tu sistema inmunológico está siempre alerta y mantiene las células del cuerpo bajo una supervisión constante. Día tras día tu sistema inmunológico libra batallas para mantenerte sano.

Sin embargo, este maravilloso sistema no es perfecto. A veces el sistema inmunológico ataca a células del propio cuerpo, células que en principio debería proteger. Por razones aún desconocidas para la ciencia, el sistema imunológico puede malinterpretar las identidades, confundiendo a propios y extraños. Cuando el sistema inmunológico se vuelve contra el cuerpo, llamamos a esta disfunción «autoinmunidad». Las enfermedades autoinmunes abarcan desde las alergias, la artritis reumatoide y la fiebre reumática hasta la diabetes juvenil y la esclerosis múltiple.

El estrés y el sistema inmunológico

Bueno, yo no me enfado, ¿vale? Quiero decir que tengo
tendencia a interiorizar. No puedo manifestar enojo.
Es uno de los problemas que tengo.
Yo..., yo en lugar de eso desarrollo un tumor.

(WOODY ALLEN en *Manhattan*)

La queja de Woody Allen no está lejos de la verdad. Muchos científicos están convencidos de que las emociones negativas y el estrés suprimen la función inmunológica. El médico persa Razi (850-923), que ejerció hace más de mil años, reconocía el influjo de las emociones negativas sobre el organismo. Razi trató una vez la artritis reumatoide de un paciente ayudándole a manifestar su cólera.

Una de las hormonas que secreta el cuerpo en los momentos de estrés es el cortisol, una hormona de la que se sabe que suprime la función inmunológica. El primer estudio que mostró los efectos del estrés sobre el sistema inmunológico se llevó a cabo en Nueva Gales del Sur, Australia, en 1975. R. W. Barthop y sus colegas estudiaron la respuesta inmunológica de un grupo de viudas. Descubrieron que la depresión que acompaña a la aflicción debilitaba la función inmunológica de las mujeres que estaban siendo estudiadas.

Un estudio semejante se realizó en la Facultad de Medicina Monte Sinaí de Nueva York. Esta vez los sujetos estudiados fueron un grupo de viudos. Los investigadores descubrieron que la depresión causada por la pérdida de la esposa inhibía la lucha de los linfocitos (o glóbulos blancos) contra las enfermedades. Por este motivo eres más propenso a resfriarte o a coger una gripe en tiempos de estrés.

Sin embargo, no todo son malas noticias, pues aunque las emociones negativas supriman la función inmunológica, las emociones positivas la refuerzan. Los investigadores han observado que la imaginación, la relajación, la risa y el cuidado del prójimo fomentan la respuesta inmunológica. Howard Hall y sus colegas de la Universidad del Estado de Pennsylvania demostraron que la autohipnosis y la imaginación tienen efectos beneficiosos para el sistema inmunológico. Hipnotizaron a un grupo de personas y les dieron instrucciones para que visualizaran sus glóbulos blancos como temibles tiburones que nadaban por la sangre atacando a los gérmenes. Esta analogía, en efecto, no dista mucho de lo que realmente ocurre en la sangre. Los sujetos del estudio mostraron una tendencia al alza de su respuesta inmunológica.

La relajación también refuerza la función inmunológica. Janice Kiecolt-Glaser y sus colegas enseñaron relajación progresiva y visualización guiada a un grupo de ancianos durante doce sesiones a lo largo de un mes. Los sujetos, al finalizar este período de formación, mostraron un aumento del nivel de células agresoras T.

Kathleen Dillon y sus colegas demostraron que la risa también puede fomentar la respuesta inmunológica. Mostraron un vídeo divertido a los sujetos de su estudio y analizaron muestras de su saliva antes y después de ver el vídeo. La investigación reveló un aumento de los niveles de inmunoglobina A, una clase de anticuerpo que monta guardia en las entradas del cuerpo. A nadie sorprenderá que quienes tienen sentido del humor sean más sanos y felices.

¿Es posible que cuidar de otras personas ejerza un efecto beneficioso sobre el sistema inmunológico? David McClelland efectuó un controvertido estudio para explorar esta cuestión. Mostró una película de la madre Teresa ayudando a los enfermos y a los pobres a un grupo de estudiantes. El doctor McClelland descubrió que la concentración de inmunoglobina A en la saliva de los estudiantes aumentaba por el mero hecho de observar a alguien comprometido en actos desinteresados. Este estudio tal vez indique que servir al prójimo refuerza el sistema celular inmunológico. Quizá este hallazgo explique por qué las enfermeras de hospital, que está continuamente expuestas a toda una gama de virus y bacterias, conservan su salud.

Un caso muy interesante, publicado en el *Journal of the American Medical Association* en 1981, mostró el poder que el sistema de creencias ejerce sobre el organismo. Un día, una muchacha de origen filipino residente en Longview, Washington, experimentó un dolor agudo en las articulaciones. Acudió a una clínica donde le efectuaron análisis de sangre y de orina. Un médico diagnosticó que la mujer padecía una enfermedad autoinmunológica (lupus eritematoso sistemático). Siguiendo el consejo del médico, la mujer tomó los medicamentos que le recetaron para tratar la enfermedad, pero su estado de salud no mejoró. Entonces consultó a otro médico que confirmó el primer diagnóstico y le recetó medicamentos más potentes para combatir la enfermedad. En lugar de hacerle caso, la mujer regresó a su pueblo natal en Filipinas, donde el médico-brujo dictaminó que la causa de su enfermedad era una maldición y la liberó de ella. La paciente regresó a Estados Unidos sin rastro de los síntomas. Dos años más tarde dio luz a un bebé saludable.

El sistema inmunológico humano está misteriosamente conectado con la mente. Aunque la relación no se comprende con toda claridad, sabemos que la mente ejerce influencia sobre el sistema inmunológico, reduciendo o reforzando la inmunidad. Puedes entrenar tu mente mediante la imaginación para que tenga un efecto positivo sobre tu salud física. En el apéndice 1 encontrarás un ejercicio de visualización guiada.

LA NUTRICIÓN

La ciencia de la nutrición es confusa, y los científicos están divididos en cuanto a la clase y la calidad de los alimentos que deberíamos ingerir. En los últimos años ha surgido una plétora de consejos dietéticos, a veces contradictorios, pero está claro que una dieta adecuada aumenta la resistencia al estrés.

Una discusión en profundidad de las distintas dietas y pautas nutricionales queda fuera del alcance de este libro. En su lugar ofrezco algo de información e indicaciones sobre alimentos que pueden promover o exacerbar artificialmente la respuesta ante el estrés. También apunto algunos nutrientes necesarios que se agotan en nuestros cuerpos en las situaciones de estrés.

El cuerpo interrumpe el proceso digestivo como respuesta al estrés agudo. Si la situación deviene crónica, el cuerpo echa mano de los nutrientes almacenados, y cuando las reservas comienzan a agotarse, somos más susceptibles de caer enfermos.

Puesto que la respuesta del estrés es ante todo fisiológica, el cuerpo necesita más nutrientes para hacerle frente. Durante una respuesta de luchar o huir que se prolongue, se consumen grandes cantidades de tres tipos de combustible: carbohidratos, grasa y proteínas. Las vitaminas B y la vitamina C también se agotan. Si llevas una dieta equilibrada, no necesitas suplementos vitamínicos, pero si te saltas comidas debido a la falta de tiempo o a un empeño obsesivo por verte esbelto, deberías consultar con tu médico qué suplementos vitamínicos son los más indicados para ti. Por otra parte, te recomiendo que leas el capítulo sobre gestión del tiempo y que reconsideres tus costumbres a la luz de tu salud física.

Nunca está de más consultar con un experto en nutrición para que evalúe tus actuales hábitos alimentarios; quizá no estés tomando todos los nutrientes que crees estar tomando. La tarea del dietista consiste en ayudarte a formular la dieta ideal para cada caso. El doctor Emmanuel Kersaken, de la Facultad de Medicina de la Universidad de Alabama, dice que los alimentos que tomamos ¡sólo conservan del cuarenta al cincuenta por ciento del valor nutritivo que tenían al salir de su lugar de origen!

La necesidad de nutrientes de cada individuo es personal e intransferible. Un jugador de fútbol americano, por ejemplo, quizá necesite (y coma) en un día lo que la mayoría de nosotros comemos ¡en una semana! La medida en que nuestro estilo de vida sea activo o sedentario también constituye un factor muy importante. Un granjero que coma frutas y verduras frescas y disfrute del aire puro del campo tiene unas exigencias de nutrición distintas de las de un habitante de la ciudad que compra alimentos una vez por semana, respira el aire contaminado de la ciudad, trabaja sentado a un escritorio y toma patatas chips para almorzar.

Algunas cosas que comemos y bebemos tienen escaso valor nutritivo y suponen una gran exigencia para el organismo, exigencia a menudo similar a la de la reacción de luchar o huir. La cafeína, el azúcar, la sal y el alcohol pueden provocar o exacerbar una reacción de estrés.

La cafeína

Muchas personas utilizan el café como estimulante. Cada mañana, millones de nosotros nos levantamos oliendo el aroma del café, y tomamos una o dos (¡o más!) tazas para recibir el primer impulso del día. Irónicamente, estas mismas personas suelen tomar café a última hora del día para relajarse. No obstante, el empuje que nos proporciona el café tiene un precio muy alto. La cafeína estimula la liberación de adrenalina, la hormona del estrés, que aumenta nuestra sensibilidad ante peligros potenciales para facilitar las reacciones de emergencia. Las personas que toman cinco o más tazas de café al día son susceptibles de padecer irritabilidad, excitación nerviosa y muscular y dolores de cabeza.

Si la ingestión de café te produce estos síntomas, rompe el hábito. No lo tomes durante las pausas en el trabajo; la cafeína no te ayuda a relajarte. Si estás realmente enganchado al sabor del café, pásate al descafeinado. También puedes disminuir la adicción al café reduciendo gradualmente la cantidad de café que tomas. En lugar de correr a la cafetera o la máquina de café cuando necesitas un empujón, usa tu imaginación; existen muchas otras formas de lograr un estado de alerta. Si quieres despejarte por la mañana, prueba a ducharte con agua templada en lugar de caliente, ya que el agua caliente tiene efectos relajantes sobre el organismo. También puedes oír tu música rítmica favorita por la mañana para ir entrando en calor. Con vistas a sacar más partido de la pausa para el tentempié de la mañana, da un paseo a paso vivo.

El azúcar

La Reina Blanca de *Alicia en el País de las Maravillas* da un sabio consejo al decir: «La norma es mermelada mañana y mermelada ayer, pero nunca mermelada hoy». Aunque el azúcar constituye una valiosa fuente de energía, demasiado azúcar tiene efectos negativos para la salud. El exceso de azúcar provoca caries dental y puede llevar a la malnutrición, ya que el azúcar es un alimento sin calorías. Carece de proteínas, vitaminas y minerales. Los alimentos azucarados pueden interferir en tu apetito de alimentos más nutritivos.

También afecta al estado de ánimo. Aunque la ingestión de azúcar pueda proporcionarte un aflujo de energía, también puede hundirte luego en la depresión y la debilidad. Evita el exceso de azúcar en tu dieta.

- Sustituye los refrescos azucarados por zumos de fruta sin azúcar.
- Lee las listas de ingredientes de las etiquetas de los productos alimenticios. La sacarosa, la maltosa, la glucosa, la fructosa, la dextrosa y la lactosa son todas ellas distintas clases de azúcar.
- Sustituye los tentempiés dulces, como tabletas de chocolate, pasteles, tartas, galletas, caramelos y budines por frutas, cereales y palomitas de maíz.
- Pon menos azúcar en el té y el café. Todavía mejor, tómalos sin azúcar.

La sal

Tu cuerpo utiliza el sodio contenido en la sal para regular muchas funciones vitales. Sin sal, morirías. Por otra parte, el cuerpo pierde sal continuamente a través del sudor (el cuerpo suda sin cesar) y la orina, de modo que la provisión de sal debe abastecerse regularmente. La persona media necesita menos de dos gramos al día, el equivalente a una cuarta parte de cucharilla de té. Sin embargo, con la habitual ingestión de la sal contenida en los alimentos precocinados, las salsas, los aperitivos, las patatas chips y demás, tomamos mucha más sal de la que necesitamos. El estadounidense medio consume de cinco a siete gramos de sal al día.

El exceso de sodio afecta tanto a la tensión arterial como a la respuesta del estrés. Diversos estudios han demostrado que las personas que consumen demasiada sal presentan un nivel de tensión arterial continua más alto que las personas que no lo hacen. Si la tensión arterial es alta (de modo similar a cuando respondemos al estrés), los trastornos de salud no se hacen esperar.

Procura reducir la ingestión de sal. Recuerda que el paladar se educa y que en nombre de nuestra salud podemos reeducarlo. Si encuentras que los alimentos te resultan sosos, emplea sustitutos de la sal, como hierbas secas y especias, en lugar de sal de mesa. También puedes probar a aliñar los alimentos con zumo de limón en lugar de sal. El único momento en el que realmente necesitas añadir sal a los alimentos es tras una jornada agotadora en un caluroso día de verano. Entonces necesitas verdaderamente recuperar la sal que has perdido a través del sudor.

El alcohol

Hay personas que beben porque creen que hacerlo las ayuda a hacer frente al estrés. Aunque es cierto que el alcohol entumece los sentidos y calma los nervios, el hábito de beber puede tener el efecto contrario. Unas cuantas copas quizá te ayuden a evitar el estrés durante un breve período de tiempo, pero cuando regresas de la evasión inducida por el alcohol, el origen del problema sigue estando presente.

El consumo excesivo de alcohol deteriora las células del cerebro, las cuales, a diferencia de otras células, no pueden reemplazarse. El alcohol no tiene ningún valor nutritivo, y beber demasiado provoca la pérdida de minerales del cuerpo como el calcio y el zinc, y las vitaminas tiamina y folacina. Interfiere en la libertad de elegir la forma de actuar, trastorna las pautas de sueño y conduce a una pérdida del apetito sexual. Incluso entre bebedores moderados, existe un riesgo mayor de sufrir una apoplejía.

Aunque beber alcohol pueda ser una costumbre social placentera, salta a la vista que causa muchos problemas. Si no puedes pasar sin él, pasa con menos.

El tabaco

Fumar supone otra forma de evadirse de las presiones cotidianas. Para algunos, fumar parece aliviar el estrés. Curiosamente, la nicotina estimula el cerebro para que libere endorfinas que te proporcionan una sensación placentera de relajación. Distintos estudios han demostrado que los fumadores presentan un nivel de endorfinas en el cuerpo superior al de los no fumadores. Sin embargo, igual que la bebida, el tabaco tiene efectos secundarios, que incluyen un alto riesgo de contraer dolencias cardíacas y cáncer de pulmón, males que suelen tener consecuencias fatales.

Por otra parte, la nicotina del tabaco es una droga muy adictiva. La nicotina reduce el tamaño de las células sanguíneas, obligando al corazón a esforzarse más para impulsar la sangre. Además, el monóxido de carbono del humo del tabaco reduce la capacidad que tienen las células de la sangre para transportar oxígeno.

LA RESPIRACIÓN PROFUNDA

En latín, la palabra *spiritus* significa al mismo tiempo respiración y espíritu. El «aliento vital» es la esencia de nuestra existencia, la definición de la vida misma. La aportación de oxígeno y la expulsión de dióxido de carbono es vital para el funcionamiento de todos los sistemas de tu cuerpo. Mientras lees este libro, estás respirando aire a razón de un litro aproximado por minuto. Todo el sistema respiratorio (pulmones, cavidad nasal, faringe, laringe, tráquea, bronquios y bronquiolos) es controlado inconscientemente.

Los beneficios de la respiración profunda y regular son numerosos. Siendo adolescente en Irán comencé a sentir dolor en el pecho, uno de los síntomas tempranos de los trastornos de corazón. Mi familia estuvo muy preocupada, hasta que mi madre me llevó a ver al doctor Hakim, quien tras una concienzuda exploración me dijo que no me ocurría nada grave. El problema, explicó, era que respiraba mal. Me recomendó que al levantarme por la mañana respirara profundamente aire puro de quince a veinte veces. Tres semanas más tarde mi dolor de pecho desapareció para siempre.

Más adelante, cuando trabajé como guardaespaldas para dos VIP, utilicé la respiración profunda a fin de serenarme y mantenerme alerta. Y después de eso enseñé a mis alumnos de kung-fu la importancia de la respiración abdominal profunda. Todos pensamos que respiramos con normalidad, pero lo cierto es que después de la primera infancia perdemos la capacidad natural de respirar profunda y rítmicamente desde el abdomen.

La mayoría de nosotros inspiramos durante dos segundos y espiramos durante un segundo. Esto significa que sólo empleamos la mitad del aire disponible en cada respiración. La proporción adecuada sería la inversa; espirar el doble del tiempo que inspiramos. Hacerlo así ayuda al sistema linfático, una red de vasos que transporta nutrientes desde los fluidos de los tejidos a la sangre, para librarlos de toxinas.

Aparte de su función limpiadora, la respiración profunda presenta beneficios psicológicos. El doctor John Grinder, que junto a Richard Bandler desarrolló la teoría de la programación neurolingüística de la comunicación humana, sostiene que mediante el control de la respiración podemos cambiar el estado emocional, pasando de uno negativo y desagradable a otro neutro o positivo. Resulta casi imposible sucumbir a emociones perturbadoras mientras respiras profunda y lentamente.

Así como la postura influye en el estado de ánimo, las pautas de respiración somera e irregular provocan sentimientos asociados al temor, la cólera y la ansiedad. Además, del mismo modo que puedes cambiar de humor cambiando de postura, también puedes conservar la calma si sigues respirando profunda y lentamente. Por consiguiente, en los momentos de estrés, si todo lo demás falla, deberías efectuar unas cuantas respiraciones profundas.

Realiza un experimento rápido. Piensa en un momento en que te sintieras enojado o disgustado. Reprodúcelo mentalmente y recuerda lo que oíste, viste y sentiste. Mientras recuerdas la experiencia con todo detalle, toma nota de cómo respiras. Ahora respira profundamente diez veces sin dejar de pensar en ese incidente desagradable. Inspira lentamente, espira con suavidad. Tómate todo el tiempo que precises para cada respiración. Asegúrate de que respiras regularmente y al mismo tiempo piensa en la situación. ¿Qué ha pasado? ¿Has podido mantenerte firme en los mismos sentimientos desagradables? Si repites este ejercicio combinando la respiración profunda con los recuerdos de un acontecimiento doloroso, descubrirás que dejas de asociar el dolor con esa experiencia del pasado. Tus emociones serán neutras o positivas.

Por último, practiquemos la respiración abdominal:

1. Siéntate con la espalda derecha o túmbate.
2. Relaja los hombros y los brazos.
3. Pon las manos en la zona del ombligo.
4. Concentra tu atención en esa zona. (Según la filo-

sofía china, esta zona es la sede del chi, el centro de energía del cuerpo.)

5. Inspira profundamente, expandiendo el vientre tanto como puedas.

6. Espira el aire, durante el doble de tiempo que has inspirado, contrayendo los músculos abdominales. (También puedes ejercer presión con las manos sobre la barriga. Recuerda que las manos deberían subir al inspirar y bajar al espirar.)

7. Sigue respirando profundamente de este modo durante unos cuantos minutos.

La repetición y la práctica son la madre del aprendizaje. Al principio, la respiración profunda parece poco natural. Practica y ten paciencia, y cosecharás sus beneficios. Por supuesto, tu propósito no debe ser respirar profundamente todo el tiempo, sino más bien hacerte más consciente del modo en que respiras, de manera que cuando tu respiración sea rápida y somera, puedas adoptar una pauta de respiración profunda y relajante.

LOS ANCLAJES

¿Sabías que puedes disponer de «botones» en el cuerpo para provocar instantáneamente una respuesta de relajación? La técnica siguiente te permite «anclar» sentimientos a puntos concretos del cuerpo. Una vez que has establecido un ancla o una asociación entre el sentimiento y el indicio concreto, puedes recordar y a veces revivir el sentimiento pulsando ese punto de tu cuerpo.

La respuesta del estrés la provocan los indicios que percibimos como amenazadores. De acuerdo con la noción de condicionamiento o asociación, aprendemos a responder a toda una gama de estímulos sin darnos cuenta conscientemente. El gran psicólogo ruso Iván Pavlov realizó su afortunado descubrimiento cuando advirtió que los perros de su laboratorio salivaban antes de que les dieran la comida. Observó que los perros habían asociado el sonido de las pisadas del experimentador con la expectativa de la comida. Los perros salivaban por el mero hecho de oír que se abría la puerta.

¿Cómo se aplica el condicionamiento de Pavlov al comportamiento humano? Para responder a esta pregunta, dos investigadores efectuaron un estudio que en la actualidad nos parecería poco ético. John Watson y Rosalie Ryner tomaron como sujeto a un bebé de once meses, Albert, a quien entregaron un conejo blanco para que jugara con él. Albert no dio muestra alguna de temer al conejo. Entonces los experimentadores comenzaron a asociar un ruido fuerte y atemorizador con el conejo; durante varias sesiones, golpearon con un martillo una barra de acero justo detrás de Albert cada vez que jugaba con el muñeco. Dado que los niños tienen un miedo innato a los ruidos fuertes, el pequeño Albert lloraba cada vez que oía golpear la barra.

Una vez finalizado el período de condicionamiento, los experimentadores volvieron a dar el conejo a Albert para que jugara con él. ¿Cuál crees que fue su reacción? Lloró, por supuesto. El antiguo placer de Albert al ver el conejo blanco había cedido paso al miedo al animal, incluso en ausencia del ruido.

Este experimento demostró que las asociaciones desempeñan una función clave en nuestras vidas. Nos detenemos automáticamente ante la visión de una luz roja. En cuanto vemos que alguien nos tiende la mano, se la estrechamos. Si un día ayunamos, tenemos hambre a las horas habituales de comer. Los pacientes de cáncer a quienes la quimioterapia provoca mareos se marean justo antes de la hora del tratamiento. Hasta la sugestión de determinadas visiones, olores o sonidos nos recuerdan experiencias anteriores y provoca una respuesta condicionada.

Si podemos aprender el hábito de detenernos al ver una luz roja, podemos aprender a relajarnos mediante algo tan sencillo como tocar un punto determinado del cuerpo. He aquí unas cuantas maneras para «anclarte» a respuestas de relajación o a cualquier otro sentimiento que desees tener en la punta de los dedos.

Utiliza el ejercicio de relajación que más te guste. Toma conciencia de tu estado de relajación y experimenta el momento con tantos sentidos como te sea posible: atiende a los sonidos, las imágenes, el tacto, el olfato y el gusto. Una vez estés inmerso en la experiencia, presiona con cuidado pero con firmeza un nudillo o cualquier otra articulación de tu cuerpo. Prueba con otra experiencia relajante y ánclala al mismo punto. Esta repetición reforzará la eficacia del ancla. Puedes añadir más experiencias relajantes a un ancla tocando el mismo punto de la misma manera. Una vez fijada el ancla, cada vez que sufras estrés toca el punto de la misma manera y con la misma presión para revivir la sensación de bienestar y relajación.

El masaje

Como bien sabes, la reacción de luchar o huir pasa factura principalmente al cuerpo. Durante este proceso, las reservas de energía se movilizan para la acción, y si entonces realizas un trabajo físico, empleas la energía adicional que guardas en los músculos. Sin embargo, en la sociedad moderna seguimos reglas distintas; no damos un salto y golpeamos a nuestro jefe cuando nos encomienda demasiado trabajo, como tampoco salimos corriendo del coche cuando quedamos atrapados en un embotellamiento de tráfico. En su lugar, debemos permanecer en la situación estresante.

Tras practicar los ejercicios y aplicar los principios presentados en este libro, podrás permanecer en tu sitio y fluir al mismo tiempo. La mayoría de nosotros, no obstante, tendemos a permanecer y encendernos de ira. Si pasas por reacciones de estrés típicas demasiado a menudo o durante mucho tiempo, tu cuerpo acumula energía frustrada y permanece tenso. Los síntomas de este residuo de energía sin usar son muchos, y van desde el dolor de cabeza al entumecimiento del cuello o el dolor de espalda crónico.

Una de las mejores formas de ayudar a tu cuerpo a liberar la tensión es el masaje. En manos de un terapeuta profesional, tu cuerpo puede ver aliviados sus dolores. El beneficio más importante del masaje en relación con la reacción del estrés es tomar conciencia del cuerpo. Tras unas cuantas sesiones de masaje, tu cuerpo se vuelve sensible a la tensión muscular, y esta sensibilidad te permite relajarte en cuanto adviertes que has tensado los músculos innecesariamente.

Hace cinco mil años, los curanderos chinos empleaban el masaje no sólo para crear una sensación de bienestar general, sino también para tratar muchas enfermedades. El arte del masaje ha sobrevivido a través de los siglos hasta el día de hoy, y los quiroprácticos, los fisioterapeutas, los osteópatas y muchos sanadores holísticos actuales efectúan terapias de masaje.

Los beneficios del masaje periódico

1. Mejora el flujo sanguíneo, con lo que se incrementa el suministro de nutrientes y la retirada de productos de desecho del cuerpo.
2. Suelta los músculos anudados y alivia los espasmos musculares.
3. Alivia los dolores de las zonas más vulnerables del cuerpo en los momentos de estrés (cabeza, cuello y espalda).
4. Crea un estado de relajación y euforia.
5. Proporciona una sensación de bienestar general.
6. Proporciona seguridad en uno mismo y amor. Te recuerda los abrazos y caricias de la infancia.
7. Algunas escuelas de masaje terapéutico sostienen que la manipulación adecuada del cuerpo fomenta la buena digestión, combate el estreñimiento y ayuda a liberar las emociones negativas.

Te invito a visitar a un masajista terapeuta. Además del masaje, el terapeuta te dará sencillos consejos sobre cómo sentarte, caminar y estar de pie correctamente. Recuerdo que mi masajista terapeuta me dijo una vez que tenía la pantorrilla izquierda inusualmente entumecida. Me pidió que prestara atención a esa parte de mi cuerpo durante una semana. Dos días después me di cuenta de que cada vez que tenía que pasar un buen rato de pie, tensaba la pierna izquierda. El darme cuenta me ayudó a relajar este músculo en concreto en cuanto advertía que lo había tensado.

¿Con qué frecuencia deberías recibir un masaje? Depende de cuánto tiempo y dinero estés dispuesto a invertir. Yo suelo darme un masaje de cuerpo entero una vez al mes. Además, mis amigos y los miembros de mi familia nos damos masajes en la espalda por turnos una vez a la semana o cuando sea necesario. Te recomiendo que acudas a un masajista profesional. Quienes no hayan probado aún el masaje profesional que se preparen para recibir una grata sorpresa. Una vez que te pones en manos de un masajista terapeuta experimentado, seguro que te quedas con ganas de volver.

HACER EJERCICIO

Nuestros cuerpos fueron diseñados para realizar distintas actividades físicas pero, hoy en día, la era del progreso y la industrialización nos ha proporcionado máquinas que hacen la mayor parte del trabajo pesado. Para muchos de nosotros, la vida es una serie de actividades sedentarias, y economizamos esfuerzos y evitamos consumir energía.

Sin embargo, nuestros cuerpos comparten una característica con muchas de nuestras máquinas: si no se emplean regularmente, se estropean. Nuestro estilo de vida sedentario pasa factura. La falta de ejercicio regular favorece el estreñimiento, las dolencias cardíacas, los trastornos musculares y óseos y la depresión.

He aquí tu oportunidad de velar por lo físico. La respuesta de luchar o huir moviliza los recursos de tu cuerpo y los dispone para la acción. Mediante el ejercicio puedes liberar la tensión almacenada en el cuerpo.

Los beneficios de hacer ejercicio con regularidad

1. Refuerza el corazón y los pulmones.
2. Limpia el cuerpo mediante el sudor.
3. Hace que llegue más oxígeno a todos tus órganos, permitiéndoles trabajar con más eficacia.
4. Quema calorías, controla el peso y ayuda a evitar la obesidad.
5. Refuerza el sistema inmunológico, ayudándote a combatir las enfermedades comunes.
6. Reduce el nivel de colesterol.
7. Mejora la capacidad de concentración y la memoria.
8. Mejora la vida sexual.
9. Mejora la imagen que tienes de ti mismo y promueve la autoestima.
10. Estimula la liberación de endorfinas, el placer químico del cuerpo.
11. Aumenta tu vigor y la resistencia a la fatiga.
12. Mejora el estado de ánimo.
13. Construye músculos y huesos y ayuda al organismo a retener nutrientes.
14. Reduce la tensión arterial.
15. Reduce el riesgo de ataques de corazón.
16. Te ayuda a dormir mejor
17. Un estudio efectuado en adultos sanos reveló que el ejercicio puede reducir la hostilidad en un sesenta por ciento y la depresión en un treinta por ciento.

Espero que esta lista te anime a emprender un programa de forma física o a continuar con el que sigues. Hay beneficios más convincentes que otros, pero ¿a quién no le gustaría tener una vida sexual mejor, una memoria más precisa o una imagen de sí mismo más positiva?

La actitud de las personas ante el ejercicio varía mucho. Algunos de nosotros nos mostramos de acuerdo con W. C. Fields, que una vez dijo: «Cada vez que me vienen ganas de hacer ejercicio, me tumbo y espero a que se me pasen». En el polo opuesto están aquellos cuyo lema es «sin dolor no hay ganancia», que terminan obsesionados por la actividad física y no logran reconocer sus propias limitaciones.

La moderación es necesaria en todos los aspectos de la vida. Reajusta tu actitud ante el ejercicio de modo que disfrutes de él. Si eres un obseso de la forma física, concédete un ritmo más pausado. Por otra parte, si tu programa de ejercicio consiste en pulsar los botones del mando a distancia del televisor, haz el esfuerzo de comenzar un programa adecuado de actividad física periódica antes de que tu estilo de vida «de sofá» te cause trastornos graves de salud. Consulta con tu médico el tipo de ejercicio que más se adecue a tu edad, peso y estado de salud.

EL CHEQUEO MÉDICO

No hay otra enfermedad del cuerpo más que la mente.

(SÓCRATES, 469-399 a. C.)

El cuerpo es una máquina sofisticada. Necesita cuidados y atenciones constantes para funcionar correctamente. Sin embargo, algunos de nosotros damos por sentado el rendimiento del cuerpo; en efecto, muchos de nosotros cuidamos mejor de nuestros coches y equipos de música que de nosotros mismos.

Visita a un médico competente y sigue su consejo. Insisto en que debes obedecer el consejo de tu médico. Los estudios revelan que un sesenta por ciento de los pacientes interrumpen el tratamiento prescrito antes de que les den instrucciones en este sentido, y un setenta por ciento no siguen las instrucciones. Otro estudio reveló que muchos miembros de un grupo de pacientes con glaucoma (presión anormalmente alta en el ojo que causa una pérdida de visión) que debían ponerse gotas para los ojos tres veces al día, aun a riesgo de quedarse ciegos no lo hacían. A pesar de semejante advertencia, un sesenta por ciento aproximado de los pacientes no utilizaba las gotas para los ojos con la frecuencia requerida. Cuando algunos de los pacientes se quedaron ciegos de un ojo, ¡el cumplimiento de las instrucciones mejoró poco más de un diez por ciento!

¿Por qué algunos de nosotros somos tan alérgicos a los buenos consejos médicos? Habrá quien se preocupe por los posibles efectos secundarios. Otros quizá no estén convencidos de la eficacia del tratamiento, y otros puede que teman que el tratamiento fracase o han tenido la mala experiencia de un tratamiento infructuoso en el pasado.

La situación parece tan crítica que algunos profesionales de la salud han recuperado la vieja tradición del palo y la zanahoria, regalando billetes de lotería como recompensa a los pacientes que no se saltan las visitas y siguen las instrucciones que les dan. Sé de una clínica donde los pacientes pagan un depósito que pierden si abandonan el programa prescrito.

A veces la culpa está en el otro bando. Algunos pacientes sostienen que sus médicos no saben escuchar ni comunicarse: un estudio reveló que durante una visita tipo de veinte minutos, los médicos pasaron sólo cuestión de un minuto dando información. La comunicación poco eficaz parece ser un gran impedimento para la sanidad.

En su libro *Head First: The Biology of Hope*, Norman Cousins refiere una docena de ejemplos de personas que se quejan de sus médicos; no del tratamiento prescrito, sino de una relación médico-paciente poco productiva. El caso siguiente ilustra la falta de comprensión y sensibilidad de un médico para con su paciente.

Escribe Norman Cousins:

> Una de mis jóvenes colegas de la facultad se quejó
> de que era desairada cada vez que intentaba comentar

con su médico el diagnóstico o la recomendación que éste le había dado. «Me dijo que no me llenara la cabeza con esas cosas, que él era el médico y sabía lo que había que hacer. Cuando protesté y le dije que deseaba comentar algunas cosas que había encontrado en los libros de medicina, se mostró ofendido por mi insistencia y me dijo que si no confiaba en él, más me valía irme a otra parte. Le dije que no desconfiaba de él, pero que quería tener con él un tipo de relación semejante a la que él tenía con su médico. Me contestó que si lo que quería era un socio que montara un negocio, y que se había pasado diez años de su vida estudiando la mejor manera de atender a los pacientes, no cómo ser un buen socio.»

Tales ejemplos revelan una cierta arrogancia en la profesión médica moderna. En palabras del príncipe de Gales, durante un discurso pronunciado ante la British Medical Association, «el imponente edificio de la medicina moderna, debido a su impresionantes logros, está, como la famosa torre de Pisa, ligeramente desequilibrado».

¿Qué puedes hacer tú? Busca profesionales de la sanidad que sonrían y te hagan sentir cómodo; que escuchen tus preocupaciones; que expliquen, en lenguaje llano, cuál es la causa de tu problema; que sugieran alternativas holísticas a los medicamentos (hipnosis, biofeedback y entrenamiento autógeno en lugar de analgésicos); que te expliquen los efectos secundarios de los medicamentos que recetan y te ofrezcan consejo para evitar que la enfermedad se repita.

Si tu médico cumple con todos estos requisitos, considérate afortunado por haberlo encontrado. Si en general tu médico no cumple estos requisitos, busca otro. Ahora bien, no olvides que los profesionales de la salud perfectos no existen. Como reza el refrán: «Si todo lo demás falla, baja el listón».

Aparte de buscar el consejo de profesionales competentes, puedes tomar prestados unos cuantos libros sobre salud, medicina y anatomía humana de la biblioteca de tu barrio, que te ayuden a comprender tu cuerpo y te den a conocer los síntomas de los males más comunes.

El doctor David Smith, oculista cirujano del Sick Children's Hospital de Toronto, un día vio a una niñita llorando en el hospital y le preguntó por qué lloraba. Respondió que su madre le había dicho que el médico le sacaría el ojo mientras la operara. Este incidente llevó al doctor Smith a dirigir un estudio para averiguar qué porcentaje de padres piensan que el procedimiento habitual de una operación ocular consiste en sacar el ojo de su sitio para luego volver a meterlo. El veinte por ciento de los participantes en el estudio estaban convencidos de que tal era el caso. Y se trataba de personas con educación secundaria o universitaria. El estudio del doctor Smith revela lo poco que conocemos ciertos aspectos de la atención médica.

Sométete a un concienzudo chequeo médico una vez al año. Un minucioso examen físico suele incluir un perfil químico completo de la sangre, pruebas de orina y heces, y una inspección de los pechos o los testículos. Recuerda que un gramo de prevención vale lo que un kilo de curación y que es la mejor forma de evitar muchos tratamientos incómodos o desagradables.

Aparte de los chequeos periódicos, presta atención a los síntomas de los trastornos más comunes. No esperes a empeorar antes de pedir consejo al médico. Si padeces dolor de espalda o tensión en el cuello con frecuencia, consulta a tu médico. Promueve la buena comunicación y una relación franca con tu médico haciendo lo siguiente:

- Por mal que te encuentres, sonríe al entrar en la habitación.
- Entra con esta actitud: tú eres el responsable último de tu salud.
- Conoce a tu médico. Pregúntale sobre su facultad de medicina, la familia y demás.
- Ve más allá del uniforme; contempla a tu médico como un ser humano falible y no como un autómata que debería saberlo todo.

- No exageres tus síntomas. Describe tu problema con claridad y precisión. Da toda la información pertinente.
- No esperes un medicamento curalotodo. Pregunta sobre los efectos secundarios. Si tu médico no sabe cuáles son, pregunta dónde pueden informarte.
- ¿Adónde acuden los médicos en busca de tratamiento? Pregunta al tuyo.
- Haz los deberes. Después del diagnóstico del médico, obtén más información consultando una enciclopedia médica.

La relajación progresiva

«Una mente inquieta no tiene cabida dentro de un cuerpo relajado», reza el credo del doctor Edmund Jacobson, creador de la relajación progresiva. No se han dicho palabras más ciertas sobre la relajación. Si has probado algunos de los ejercicios y miniexperimentos indicados más arriba, ejercicios que demuestran la profunda conexión entre la mente y el cuerpo, reconocerás la verdad de esta afirmación. Es casi imposible respirar profundamente y estar inquieto.

La relajación progresiva es una técnica para liberar la tensión muscular. Tal como su nombre indica, relajas los músculos progresiva y sistemáticamente. Puedes empezar por la cabeza o los pies y abrirte camino a través del resto de tu cuerpo para desprenderte de la tensión. Además de ayudarte a relajarte, esta técnica te hará más consciente de tu cuerpo.

La relajación progresiva enseña a tu cuerpo a reconocer la tensión. Una vez que aprendes a tensar los músculos voluntariamente, te familiarizas con el proceso de tensar y relajar. Aprendes a tener más control sobre tus músculos, y al exagerar la tensión en los músculos aprendes a advertir en seguida que se tensan. A menudo estamos tan atareados que no advertimos la tensión muscular. Sólo al sentir dolor nos damos cuenta de la tensión que está soportando el organismo. De no ser por las señales de dolor que provoca la tensión prolongada, algunos de nosotros no reaccionaríamos jamás. Sin embargo, puedes aprender a darte cuenta antes de que los músculos empiecen a dolerte de verdad.

Ésta es una técnica muy práctica. Cuando hayas practicado la suficiente relajación progresiva, podrás relajarte en cualquier parte. Podrás utilizarla en las pausas del trabajo, o mientras esperas antes de una entrevista de trabajo, o mientras asistas a una reunión aburrida: siempre que necesites liberar tensión.

Ante todo debes ponerte cómodo. Busca un lugar silencioso y tranquilo y el momento en que sea menos probable que te vayan a interrumpir (o cuelga un cartel de «No molesten» en la puerta). Comprueba que la temperatura de la habitación no sea baja. Puedes hacerlo sentado o tendido, aunque en la fase de aprendizaje te recomiendo que te tumbes boca arriba.

La técnica de la relajación progresiva

1. Empieza con unas cuantas respiraciones profundas. Haz dos series de cinco respiraciones. En la primera serie, expande el pecho al máximo, luego espira lentamente.
2. Ahora empieza la segunda serie de respiraciones, incorporando el primero de los ejercicios musculares que se indican más abajo. Inspira profundamente, retén el aire cinco segundos y luego espira lenta y completamente. Asegúrate de espirar el doble de tiempo que inspiras.
3. Vuelve a respirar normalmente.

Indicaciones útiles

- Al tensar, soltar y relajar músculos concretos de tu cuerpo, date cinco segundos para tensar los músculos,

---

otros cinco para soltarlos y cinco más para relajarlos.

- En cada paso, repite la palabra clave: TENSAR, en la primera parte; SOLTAR, en la segunda parte; y RELA-JAR en la última parte.
- Además de repetir estas palabras, puedes usar imágenes que te ayuden a concentrarte en los músculos. Puedes imaginar que una cuerda te aprieta el músculo y que luego se va soltando poco a poco.
- Asegúrate de tensar sólo músculos aislados y no todo el grupo junto. Al tensar un músculo, mantén el resto del cuerpo relajado. De esta manera tu cuerpo sintoniza la sensación de tensión de cada músculo concreto, haciendo que la experiencia de la tensión resulte luego anormal.
- Cada vez que espiras, imagina toda la tensión viniendo desde las distintas partes de tu cuerpo y escapando por tu pecho mientras espiras.
- Disfruta de la sensación de soltura y relajación que te invadirá.

Grupos de músculos

Dedica quince segundos a cada uno de estos grupos de músculos de tu cuerpo:

1. PIES, PIERNAS, NALGAS
   a. Curva los dedos de los pies hacia abajo.
   b. Arquea los dedos de los pies hacia arriba.
   c. Estira los dedos de los pies.
   d. Aprieta los talones contra la superficie del suelo, cama o sofá.
   e. Tensa las nalgas y eleva la pelvis ligeramente.

2. VIENTRE
   a. Expande los músculos del vientre.
   b. Contrae los músculos del vientre.

3. PECHO
   a. Respira profundamente para expandir la caja torá-
      cica tanto como puedas.

4. ESPALDA
   a. Arquea la espalda.

5. MANOS Y BRAZOS
   a. Cierra el puño (uno cada vez).
   b. Extiende los dedos.
   c. Separa los dedos.
   d. Estira el brazo.
   e. Aprieta con las manos para tensar los músculos del
      brazo.

6. HOMBROS
   a. Encoge los hombros (uno cada vez).

7. CUELLO
   a. Toca el pecho con la barbilla.
   b. Echa la cabeza hacia atrás.

8. CABEZA
   a. Abre la boca como si fueras a gritar.
   b. Haz muecas y expresiones exageradas.
   c. Cierra los ojos con fuerza.
   d. Arruga la frente.

Otras indicaciones

- Aumenta gradualmente la cantidad de tensión que aplicas a los músculos.
- No uses la relajación progresiva cuando estés muy cansado.
- Si te dan calambres, estira el músculo y dale masaje.

Ten paciencia y practica. Concede tiempo a tu cuerpo para que aprenda este nuevo ejercicio, y pronto serás capaz de dominar la tensión muscular. Una vez que ganes confianza en esta técnica, podrás hacer un ejercicio de tensar y relajar cada vez que te veas sometido a tensión.

Si te resulta útil tener una guía para hacer los ejercicios de manera concienzuda y sistemática, búscate un entrenador o graba las instrucciones en una cinta.

Un sueño reparador

Los factores que afectan a la calidad del sueño son muy numerosos. El alcohol, la cafeína y la nicotina pueden alterar el sueño. La cafeína estimula el sistema nervioso central, manteniéndolo alerta. El alcohol, cuando es metabolizado por el cuerpo, hará que te despiertes por la noche. La nicotina también es un estimulante potente.

Por otra parte, el uso continuado de pastillas para dormir reduce su eficacia, además de provocar ciertos efectos secundarios, como atontamiento y debilidad. Te recomiendo que no las uses. Utiliza los ejercicios de relajación para dormirte de forma natural.

La siesta

La mayoría de nosotros esperamos hasta el fin de semana para descansar, pero nuestros cuerpos necesitan un continuo descanso para funcionar con la máxima eficacia. El cuerpo es como una batería recargable; no esperes a agotar la energía para recargarlo. Bastan veinte minutos de reposo para que el cuerpo recupere su energía. Recuerda que un descanso correcto mantiene el cuerpo fresco y dispuesto a hacer frente a los retos de la jornada.

Los investigadores del sueño no se ponen de acuerdo sobre el efecto de las siestas diurnas. Unos sostienen que la siesta interrumpe el ciclo del sueño, mientras otros afirman que lo intensifica. Te recomiendo que efectúes tu propia investigación para descubrir si dormir la siesta te da buen resultado. Haz la siesta durante una semana y observa 1) si te sientes más enérgico durante el día y 2) si sigues durmiendo por la noche igual que antes.

Si no tienes tiempo de dormir la siesta durante el día, prueba a acostarte más temprano por la noche. Un estudio del hospital Henry Ford de Detroit reveló que es beneficioso dormir una hora más por la noche. Las personas que durmieron más mejoraron su grado de atención y vigilancia. Según el doctor Timothy Roehrs, que dirigió esta investigación, «Al parecer es beneficioso dormir tanto como se pueda».

Winston Churchill defendió una vez la costumbre de la siesta escribiendo que «La naturaleza no ha hecho al hombre para que trabajara de las ocho de la mañana hasta medianoche sin el descanso que proporciona una bendita inconsciencia, la cual, aunque sólo dure veinte minutos, basta para renovar todas las fuerzas vitales».

He aquí tus deberes: haz la siesta. La investigación señala que la duración ideal es de veinte a treinta minutos y que el mejor momento para hacerla es entre las dos y las cuatro de la tarde. Disfruta del descanso que una siesta breve puede proporcionarte.

TERCERA PARTE

LAS HABILIDADES PARA DOMINAR EL ESTRÉS

7

◎

LA COMUNICACIÓN

LA COMUNICACIÓN ES vital para los seres humanos. Necesitas comunicarte con las personas para manifestar tus sentimientos y satisfacer tus necesidades. Un día de tu vida en el que no seas capaz de decir lo que necesitas, sientes y quieres puede convertirse en el peor día de tu vida. La investigación demuestra que las personas socialmente aisladas son más propensas a morir prematuramente que aquellas con fuertes vínculos sociales.

Mantener la calidad de la comunicación con el prójimo es esencial para nuestro bienestar. Ashley Montagu y Floyd Matson escriben con elegancia al respecto en su libro *El contacto humano*:

> La comunicación humana, como reza el dicho, es un estrépito de símbolos; y abarca una multitud de signos. Ahora bien, se trata de algo más que de medios de comunicación y mensajes, información y persuasión; también satisface una necesidad más profunda y sirve a un fin más elevado. Tanto si es clara como desvirtuada, tumultuosa o silenciosa, deliberada o fatalmente inadvertida, la comunicación es el punto de encuentro y el fundamento de la comunidad. Es, en resumen, la conexión humana esencial.

Para establecer el tipo de conexión adecuado con las personas que nos rodean, necesitamos disponer de ciertas habilidades. Ahora bien, antes de considerar la mejora de nuestras capacidad de comunicación, deberíamos explorar algunos principios fundamentales de la comunicación humana.

La comunicación es un proceso, un toma y daca, y no tiene principio ni fin. Su naturaleza dramática implica que nos comunicamos incluso cuando pensamos que no lo hacemos. Es imposible evitar comunicarse y, por consiguiente, no toda la comunicación es intencionada. Cuando miras fijamente a la pared durante una reunión aburrida que se prolonga más de lo que estaba previsto, estás comunicando tu reacción, tanto si eres consciente de ello como si no. La postura y la expresión del rostro son como un tablón de anuncios virtual donde se exhiben los sentimientos.

Echemos un vistazo a un modelo simplificado de la comunicación humana. En toda clase de comunicación es preciso que haya un emisor, un mensaje y un receptor. El emisor tiene que codificar el mensaje. Los pensamientos y sentimientos deben traducirse a un lenguaje o unos actos comprensibles para el receptor. Una vez finalizada la codificación, envías el mensaje, utilizando una combinación de canales apropiados. A la pregunta «¿Cómo estás?» tal vez contestes: «Muy bien, ¿y tú?». Al decir esto, puede que asientas con la cabeza, sonrías, te inclines hacia tu oyente o ladees la cabeza. Una vez que el mensaje llega a la otra persona, se produce el mismo proceso a la inversa. El receptor tiene que descodificar el mensaje e interpretarlo a su manera, para lo que debe traducirlo a ideas y sentimientos.

La comunicación no es lineal. El emisor y el receptor intercambian mensajes simultáneamente. Piensa en dos personas durante una conversación: aunque pueda parecer que sólo quien habla está enviando un mensaje y que sólo quien escucha lo está recibiendo, quien lo recibe resulta que asiente, aparta la vista o se cruza de brazos, lo que no son sino mensajes de respuesta codificados.

La comunicación está además condicionada en gran medida por el entorno y la cultura. El entorno físico afecta a la calidad de la comunicación. Una habitación donde haga demasiado calor, haya mucha humedad o sea pequeña influye en la cantidad y la efectividad de la comunicación que tenga lugar en ella. El envío y la recepción de mensajes también se ven afectados por el estado de ánimo, la actitud y los sesgos, el bagaje cultural y la historia personal. Estos factores afectan al modo en que se percibe y se interpreta un mensaje y se responde a él.

Aisladas, las palabras carecen de sentido. Su significado reside en la interpretación que de ellas hace el ser humano. Asignamos significados a las palabras en función de nuestras experiencias. Tomemos, por ejemplo, la palabra «respeto». Cuando un amigo te exige respeto, esta palabra es la etiqueta de una experiencia concreta que él desea tener. No tendrás forma de entender dicha experiencia a no ser que hagas preguntas concretas. «Respeto» significa cosas distintas para personas distintas. Para una persona respeto será que la mires cuando te habla. Otra la interpretará como intimidad, proximidad o un determinado tono de voz como signo de una sincera apreciación. El respeto, como cualquier otra cosa, está en el ojo y el oído del espectador.

La comunicación pierde toda eficacia cuando damos por sentado que las etiquetas que utilizan los demás para definir ciertas experiencias coinciden con las nuestras. Cada uno de nosotros tiene una experiencia única del mundo. Por consiguiente, para mejorar nuestra capacidad de comunicación debemos ir más allá de las etiquetas y evitar las interpretaciones fáciles o convencionales. Si alguien a quien siempre has respetado te dice que necesita respeto, hazle preguntas. Pídele que defina concretamente el respeto o cómo sabe si es respetado. Te ahorrarás muchos malentendidos y molestias si sintonizas de esta manera con tu interlocutor.

Considera la siguiente discusión de una pareja. Una mañana Mary se levanta con el pie izquierdo, como suele decirse. Toma el desayuno sin dirigir una sola palabra a John y se marcha pitando. John oye el portazo que da la puerta del coche y piensa: «Ha vuelto a enfadarse conmigo. Sólo Dios sabe lo que le pasa». A lo largo del día John piensa en cómo desquitarse. A última hora de la tarde Mary llega a casa del trabajo. Está de mejor humor, pero se encuentra con que John no le habla. «¿Qué te pasa?», pregunta Mary. «¿Que qué me pasa a mí? Querrás decir qué te pasa a ti», responde John enojado. Mary se queda perpleja. «No me respetas en absoluto», grita John. «Por favor, no volvamos a discutir», dice Mary, enojada, antes de salir de la habitación. Cenan en silencio. John duerme en el sofá.

¿Qué ha ido mal? Muchas cosas. En primer lugar, John ha supuesto que el portazo de Mary encerraba una segunda intención. En segundo lugar, ninguno de los dos estaba dispuesto a hacer preguntas con vistas a aclarar los sentimientos, necesidades y deseos del otro. Como resultado, quedan atrapados en el círculo vicioso de la culpa y el equívoco.

¿Qué puedes hacer si quedas atrapado en un bucle de comunicación infructuoso o destructivo? Lo mejor es hacer lo que los lingüistas llaman «metacomentarios», lo que significa literalmente comentar un comentario. Por ejemplo, si discutes con un amigo, puedes decirle: «Nuestra conversación se ha convertido en una discusión acalorada. ¿Qué te parece que estemos discutiendo en lugar de hablando?». Con un metacomentario como ése, invitas a tu amigo a contemplar vuestra comunicación desde fuera y en última instancia lo liberas de los efectos adversos. Gregory Bateson, un antropólogo que ha estudiado la comunicación humana, denomina «reenmarcar» a esta operación. «Reenmarcas» la comunicación inútil en beneficio de ambas partes.

CÓMO EXPRESAR TUS SENTIMIENTOS

Las emociones son una constante en nuestra vida. Siempre las experimentamos y a menudo las expresamos de forma destructiva. Comunicar tus verdaderos sentimientos no es sencillo ni tampoco siempre conveniente. (¿Le dirías a tu jefe o a tu amante que su presencia te aburre?) Incluso las emociones positivas son difíciles de manifestar; ¿cuántas veces has tenido que luchar con las palabras para manifestar tu amor a otra persona?

No somos buenos expresando nuestras emociones porque de niños nos enseñan que hacerlo es «malo» y que el dominio de sí mismo es «bueno». ¿Recuerdas que te dijeran que «los niños no lloran» o «las niñas no gritan»? Los niños aprenden enseguida a no manifestar sus sentimientos espontáneamente.

De adultos, las limitaciones sociales nos impiden manifestar nuestras emociones donde queremos y del modo que queremos. Por otra parte, satisfacer la necesidad de manifestar todos los sentimientos que albergamos nos convertiría en náufragos emocionales; las normas sociales nos enseñan autocontrol y moderación. Sin embargo, puesto que aprendemos a reprimir muchos sentimientos, experimentamos estrés e inquietud ante emociones que podrían constituir una valiosa fuente de energía creativa, siempre y cuando los dejáramos fluir.

No resulta fácil saber cuándo, dónde, con quién y en qué medida debemos expresar lo que sentimos. El primer paso consiste en ser consciente de tus sentimientos y reconocer que son legítimos. Si tienes dificultades para determinar lo que sientes, no dudes en realizar el siguiente ejercicio:

Descifrar los propios sentimientos

1. Busca una postura cómoda sentado o tendido. Respira profundamente unas cuantas veces y relájate.
2. Elige tres palabras o imágenes que te inspiren, respectivamente, una emoción positiva, una negativa y otra neutra.
3. Concéntrate en una palabra cada vez, cerrando los ojos y dejando que inunde tu mente.
4. Mientras piensas en la palabra o imagen, y sin abrir los ojos, presta atención a distintas partes del cuerpo.
5. Empezando por los músculos faciales, determina el grado de tensión y relajación de cada uno de tus músculos, de la cabeza a los pies. No se trata de relajar los músculos, sino de cobrar conciencia del propio cuerpo.

Este ejercicio te ayuda a ser consciente de tus reacciones corporales ante distintas emociones. También te ayuda a reconocer que eres dueño de tus emociones y que puedes controlarlas. Da un paso más y traduce tus sentimientos a palabras. Usa frases en primera persona en lugar de frases en segunda persona, tal como indica Thomas Gordon, autor de *P.E.T.: Parent Effective Training*. Si dices «me haces enfadar», culpas a la otra persona de una emoción que te pertenece. Además, las frases en segunda persona revelan que no te estás haciendo responsable de tus emociones. En cambio, alguien que diga «Cuando te olvidas de dar de comer al gato me enfado», está comunicándose sin culpar a nadie y haciéndose cargo de sus sentimientos. Las emociones que decides sentir dependen de ti. Es imposible que un ser humano haga sentir algo a otra persona. Recuerda que en esta clase de comunicación debes utilizar palabras concretas y neutras para describir las acciones de la otra persona.

LA CÓLERA

La cólera es la emoción más común. Un estudio indicó que el ciudadano medio se enoja diez veces al día. Nos enfadamos con los amigos, los parientes, los desconocidos, hasta con nosotros mismos. Todas las emociones humanas, como la reacción del estrés, tienen una función protectora. Advierten del peligro, permitiendo que nos preparemos ante la presencia de una amenaza. La emoción humana básica de la cólera es uno de nuestros mecanismos de supervivencia.

Las personas suelen manifestar su cólera atacando o evitando la fuente de peligro. El «atacante» manifiesta su ira de manera ruidosa, y a veces físicamente: grita, chilla, discute, insulta, culpa y amenaza. El «evitador» reprime la suya negándola, tragándosela, disfrazándola de otra cosa. El «ganador», por otra parte, recuerda el principio APRE y conserva la calma, quizá repitiéndose la palabra «calma» varias veces o respirando profundamente.

He aquí el principio APRE en acción:

Acontecimiento. John se olvida de apagar el horno y la cena se quema.

Percepción. «¿Merece la pena encolerizarse por eso? —se pregunta Mary—. Puede pasarle a cualquiera.»

Respuesta. «Preparemos unos bocadillos.» Se siente bien, conserva la calma y evita enojarse.

Efecto. Disfrutan de los bocadillos.

Ahora bien, la peligrosa emoción de la cólera está rodeada de «deberes» aprendidos culturalmente. La culpa y el miedo son reacciones comunes ante las manifestaciones de ira que te llevan a no indicar cómo te sientes en realidad.

Si no puedes hacer frente a la persona con la que estás enojado, puedes hacer distintas cosas, tal como he indicado al abordar el tema del perdón en el capítulo 3. Puedes efectuar ensayos mentales. Imagínate hablando con la persona en cuestión y llevando la conversación por los derroteros que te interesan. Por ejemplo, imagínate siguiendo los pasos ABC de las frases en primera persona. Hazles saber lo que han hecho (A), diles cómo te sientes (B) y, por último, indica cómo esperas que se comporten en el futuro (C). Por supuesto, también tienes que escuchar sus reacciones.

Si te resulta difícil ensayar mentalmente, escribe una carta manifestando cómo te sientes. La ventaja de expresar el enojo por escrito es que no hay nadie que te vaya diciendo «sí, pero». Te dejas llevar por los sentimientos, expresando cualquier cosa que sientas necesidad de decir. Recuerda que no tienes por qué enviarla. Escribir una carta te ayuda a liberar y centrar la cólera, y puede que hasta consigas aclarar tus sentimientos.

Otra forma de poner tus emociones boca arriba consiste en interpretarlas. Esta técnica se utiliza en la terapia Gestalt. Realiza este ejercicio. Pon dos sillas enfrentadas. Siéntate en una y dile a la de enfrente lo primero que te pase por la cabeza al imaginar que la otra persona está sentada ante ti escuchándote. Luego cambia de silla, finge que eres la otra persona y habla. Debes hablar y actuar como si fueras el otro, diciendo y haciendo lo que piensas que diría y haría. Sigue cambiando de silla hasta que te des por satisfecho. Te sorprenderá cómo se abre la perspectiva cuando interpretas a la otra persona.

Canalizar o dirigir la cólera es otro método útil para liberarlo, ya que igual que otras emociones, la cólera es una fuente de energía. Moviliza los recursos de tu cuerpo de modo similar a como lo hace la respuesta del estrés. El corazón late más aprisa, los músculos se tensan y tienes un arranque de energía física. En lugar de utilizar esta energía destructivamente fustigando a tu oponente, puedes dirigir la energía de forma creativa. Un día estaba leyendo un libro tranquilamente, cuando de repente oí el ruido ensordecedor del tocadiscos de mi hermano, con la *Glorificación de la víctima elegida* de Stravinsky sonando a todo volumen. Si conoces esta pieza musical, sabrás el tremendo ruido al que me vi sometido. No tardé en irritarme con mi hermano por no haberme avisado de que pretendía provocar un terremoto con el tocadiscos, y me puse tenso. Pero entonces se me ocurrió una idea. Me levanté de un salto, me dirigí a su habitación y empecé a agitar los brazos con violencia, como si dirigiera una gran orquesta. También imité los movimientos de cabeza característicos de los directores de orquesta. Cuando la música terminó, le pedí a mi hermano que bajara el volumen y que la próxima vez me avisara. Cuando reemprendí la lectura, estaba relajado y eufórico. Había canalizado la cólera hacia una actividad física que era segura y divertida, ayudándome a no perder el sentido de la mesura en un enfrentamiento potencialmente estresante.

SABER ESCUCHAR

Un estudio realizado en la Universidad del Estado de Ohio demostró que, como promedio, pasamos el setenta por ciento de las horas de vigilia participando en alguna forma de comunicación. En estudios posteriores, los investigadores descubrieron que de este tiempo pasamos el nueve por ciento escribiendo, el dieciséis por ciento leyendo, el treinta por ciento hablando y el cuarenta y cinco por ciento escuchando. La mayor parte del tiempo que dedicamos a la comunicación lo pasamos escuchando.

Sin embargo, aunque todos aprendemos a hablar, leer y escribir, somos pocos quienes aprendemos a escuchar. Por más cursos de comunicación que ofrezcan las escuelas, en realidad no nos enseñan el arte de escuchar. No obstante, y por suerte, el arte de escuchar puede aprenderse.

El ideograma chino que compone el verbo «escuchar» lo comprenden «orejas», «ojos», «atención íntegra» y «corazón». Estos son los ingredientes esenciales para escuchar bien. Un buen oyente presta atención, establece contacto visual, parafrasea, hace preguntas y da muestras de empatía. Escuchar no es una tarea sencilla; de hecho puede ser un duro trabajo. Tienes que ser activo, y debes permanecer centrado en el contenido y no dejarte distraer demasiado por la manera en que se exprese. Debes tener paciencia y dejar que el orador termine lo que tiene que decir.

Hay numerosos obstáculos para escuchar con eficacia. Una conversación se desarrolla a una media de 125 palabras por minuto, pero la mente humana es capaz de pensar entre 400 y 600 palabras por minuto, con lo que resulta bastante fácil que el oyente se distraiga.

Otro obstáculo para escuchar correctamente es la impaciencia por interrumpir al orador. En cuanto el orador hace una pausa para cobrar aliento, nos decimos a nosotros mismos: «¡Es mi oportunidad!», e interrumpimos. ¡Los estudios demuestran que las últimas palabras de las personas contienen el ochenta por ciento del significado de su comunicación! Aprende a tener paciencia y guardar silencio. Albert Einstein dijo una vez que el secreto de su éxito era $X + Y = A$, donde X representa el trabajo, Y representa el juego y A mantener la boca cerrada.

Antes de exponer más consejos para escuchar como es debido, leamos lo que mi escritor predilecto, Anónimo, tiene que decirnos sobre el escuchar:

Cuando te pedí que me escucharas, comenzaste a darme consejos. No hiciste lo que te pedí. Cuando te pedí que me escucharas, comenzaste a decirme por qué no tenía que sentirme así. Has pisoteado mis sentimientos. Cuando te pedí que me escucharas y tuviste la impresión de que tenías que hacer algo para resolver mis problemas, también me fallaste, por más raro que parezca. Tal vez por esto la oración da resultado a según quién, pues Dios es silencioso y no ofrece consejo para arreglar las cosas. Se limita a escuchar y confía en que serás capaz de solucionar lo que haya que solucionar a tu manera.

---

3 consejos para escuchar bien

1. Identifica el propósito de la comunicación. ¿Quieres información? ¿Quieres entretenerte? ¿Quieres resolver un problema? Una vez establecido el propósito, te será más fácil advertir que pierdes el hilo.
2. Comprueba que el momento y el lugar son los apropiados para la comunicación. Si no lo son, coméntaselo al orador y pídele que recapitule.
3. Sé consciente de tus mensajes no verbales. No digas que estás de acuerdo mientras niegas con la cabeza. Que tus palabras y tu lenguaje corporal sean coherentes.

RESOLVER CONFLICTOS

La comunicación confusa es con frecuencia la causa de los conflictos interpersonales. Por supuesto, dado que todos somos seres humanos únicos, cada cual ve las cosas de un modo distinto; por consiguiente, el conflicto es natural, y puede ser beneficioso, ya que llegar a comprender distintas formas de ver el mundo puede ser un medio de crecimiento. En toda clase de conflictos debemos actuar creativamente y aprovechar la oportunidad que se nos brinda para echar mano de ese potencial que antes desconocíamos. En el apéndice 2 encontrarás un juego sobre comunicación y resolución de conflictos.

¿Cómo sueles resolver los conflictos interpersonales?

- ¿Evitas reflexionar sobre ellos?
- ¿Culpas a las demás personas involucradas?
- ¿Haces que se sientan culpables?
- ¿Las menosprecias?
- ¿Quieres que obedezcan tus reglas?

O bien:
- ¿Te rindes para evitar las escenas?
- ¿Niegas que haya ningún conflicto?
- ¿Crees que cuando las personas se quieren deberían estar siempre de acuerdo en todo?

Si te reconoces en cualquiera de estas actitudes ante un conflicto, sacarás provecho de las indicaciones siguientes.

En primer lugar, asegúrate de conocer el origen o la causa exactos del conflicto. Ten claro a quién concierne. Si un pariente te pide que ayudes a su hijo a ver menos televisión, el problema no te pertenece. Sólo puedes ayudar. Es importante que conozcas tu posición con vistas a determinar cómo y en qué medida puedes involucrarte.

Otro factor importante es comprobar junto con las demás personas involucradas en el conflicto que la visión que de él tenéis unos y otros coincide. Identifica las necesidades de las personas involucradas.

A continuación, fija una hora y un lugar adecuados para discutir el problema o conflicto. Durante esta reunión, describe con claridad tus deseos. Emplea la primera persona (yo) para manifestar lo que sientes y lo que necesitas. Luego deja que la otra persona responda. Escucha con los oídos, los ojos y el corazón. Alienta a la otra persona a expresar sus necesidades y deseos. Asegúrate de escuchar y entérate de todos los pormenores. También debes asegurarte de que cada uno de vosotros deje claro al otro lo que debe hacerse a fin de rectificar la situación. Pregunta: «¿Qué quieres que haga para que te sientas mejor al respecto?». Si sigues estos pasos y facilitas el mutuo entendimiento, la solución al conflicto resulta más sencilla de hallar y poner en práctica.

---

6 maneras de fomentar el entendimiento

1. Recapitula. Si el orador tiene razón en algo o hace una observación aguda, admítelo. Felicítalo.
2. Haz preguntas con finales abiertos. En lugar de «¿Te gusta tu nuevo trabajo?», pregunta: «¿Qué me dices de tu nuevo trabajo?».
3. Parafrasea. Al parafrasear el sentido de lo que acabas de oír, permites que el orador sepa que lo estás escuchando. También averiguarás si has comprendido completamente el mensaje.
4. Da muestras de empatía. Ponte en el lugar del otro. Si el orador manifiesta cólera para con su padre, evita la crítica y la amonestación inherente a cosas como «No deberías enojarte con tu padre después de todo lo que ha hecho por ti». Un oyente empático reconoce los sentimientos de las personas sin juzgarlos.
5. Emplea lo menos posible muletillas del estilo de «ya veo», «entiendo» o «te sigo». Puedes limitarte a asentir para dar a entender que estás escuchando.

---

6. Presta atención al contenido más que a la forma en que se expresa.

LA COMUNICACIÓN ASERTIVA

Si eres un comunicador asertivo, eres capaz de decir lo que piensas y lo que sientes, de decir exactamente lo que quieres decir y asegurarte de que las demás personas entienden tu mensaje.

Una persona asertiva sabe decir «no» sin sentirse culpable. Para algunas personas, decir «no» es semejante a soportar una dolorosa operación. Las personas no quieren parecer egoístas, y están convencidas de que una actitud asertiva volvería a los demás en su contra. Además, a menudo confundimos lo grosero con lo asertivo.

Sin embargo, una conducta asertiva no es agresiva. Aunque puede parecer que en español *asertivo* tiene un significado similar a *agresivo*, en el contexto del comportamiento humano son dos cosas bien distintas. Una persona agresiva hiere, domina y humilla a los demás. En cambio, en cualquier tipo de interacción, el objetivo de la persona asertiva es conservar la dignidad y la autoestima de cuantas personas estén involucradas.

Cada vez que nos comunicamos, nuestro comportamiento responde a una de estas tres categorías: agresivo, pasivo o asertivo.

El comportamiento agresivo

Cuando los derechos de las personas agresivas se ven amenazados, éstas acusan, dominan, exageran, amenazan y a veces se conducen con violencia. Se salen de sus casillas, provocando como consecuencia la respuesta del estrés. Quieren demostrar quién es «el jefe» y quién «controla» la situación. Las personas agresivas dicen cosas que luego lamentan haber dicho. A menudo consiguen lo que quieren, pero siempre a costa de los demás. El resultado es la alienación.

El comportamiento pasivo

Las personas pasivas se hallan en el polo opuesto. No manifiestan sus verdaderos sentimientos. Renuncian a todos sus derechos. Las personas pasivas tienden una alfombra roja e invitan a los demás a pisarlos. Se tragan la cólera y la frustración, provocando una vez más la respuesta de luchar o huir. Nunca se hacen responsables de sus propios deseos y necesidades. Las personas pasivas aguardan y confían en que los demás satisfagan sus necesidades leyéndoles la mente.

El comportamiento asertivo

Las personas asertivas defienden sus derechos. Declaran sus deseos honestamente, y comunican sus necesidades y problemas con firmeza y educación. Una persona asertiva respeta los derechos de los demás y defiende los propios. La actitud asertiva es la mejor para resolver un conflicto.

Veamos el uso de las habilidades asertivas en el siguiente ejemplo. Una noche fui a ver una película. Tras ocupar mi asiento, un grupo de adolescentes se sentó en la fila de atrás. Bromeaban y reían armando cierto jaleo. Cuando empezó la película, siguieron haciendo ruido. Puesto que estaban sentados justo detrás de mí, no oía bien la banda sonora. Después de reflexionar unos instantes, me dirigí a ellos como sigue.

Ante todo, antes de volver la cabeza, levanté la mano derecha. Entonces me di la vuelta y con voz confiada les dije: «Oíd, muchachos, me consta que lo estáis pasando bien. ¿Os importaría hacer menos ruido para que todos disfrutemos de la película?». Los miré durante un par de segundos sin decir palabra. Asintieron y algunos se disculparon y dijeron: «Claro, claro». Cosa de un cuarto de hora más tarde empezaron otra vez a bromear y a hablar en voz alta. Esta vez sólo tuve que levantar la mano derecha tal como había hecho antes. No volví la cabeza ni dije nada. Se callaron. No tuve que repetir mi solicitud. Mi brazo levantado actuaba como una señal para recordarles que debían guardar silencio.

Analicemos esta comunicación asertiva. Respiré profundamente unas cuantas veces para conservar la calma y ensayé mentalmente lo que iba a decir y cómo iba a decirlo. No levanté la voz. Hablé con firmeza y educación. Al advertir que lo estaban pasando bien, reconocí su derecho a hacerlo y lo enmarqué en términos positivos. Empecé mi solicitud con una observación positiva. Se mostraron de acuerdo, ¡pues en efecto se lo estaban pasando bien!

A continuación presenté mi solicitud. Adviértase que enmarqué mi solicitud de forma que me ganara su apoyo y cooperación. En lugar de decir «para que yo disfrute de la película», dije «para que todos disfrutemos de la película». La primera frase genera un entorno competitivo, mientras que la segunda frase me hace formar parte de su grupo. No pueden oponerse a su propio grupo.

Otra herramienta que utilicé fue el silencio. Tras hacerles saber lo que quería, guardé silencio durante un par de segundos y los miré esperando una reacción.

---

9 consejos para una comunicación asertiva

1. No te pongas nervioso. Respira profundamente varias veces para mantener la calma. Ensaya mentalmente lo que vayas a decir.
2. Sé coherente. Asegúrate de mantener una postura erguida, el rostro relajado, la voz firme y amistosa. También puedes inclinarte ligeramente hacia la persona.
3. Sé positivo. Pon la situación y tu solicitud en un marco positivo. En lugar de decir «no hagas ruido», di «por favor, guarda silencio».
4. Reconoce la intención del comportamiento ajeno. Por ejemplo, si se trata de devolver un producto defec-

---

tuoso, di: «Comprendo que quieran conservar un índice de devoluciones bajo, pero esta plancha no funciona y me gustaría que me devolvieran el dinero».

5. Sé persistente. Repite tu solicitud hasta que consigas
lo que quieres o negocia hasta alcanzar un acuerdo.

6. Gánate su apoyo. Usa el pronombre «nosotros» para
crear un grupo. Alíate con ellos contra el problema.

7. Parafrasea. Reconoce sus comentarios y solicitudes. Si
una persona persistente te invita a salir y tú no tienes
ganas de hacerlo, por ejemplo, puedes decir: «Entiendo que te apetezca ir al cine conmigo. A mí el cine me
encanta, pero esta noche estoy ocupado. Dejémoslo
para otra ocasión».

8. Emplea mensajes «yo». En lugar de decir «El ruido de
tu tocadiscos no me deja dormir», di: «Cuando pones el
tocadiscos tan alto, no puedo dormir».

9. Evita emplear las palabras «lo siento» cuando respon-
das que no a una solicitud. En el ejemplo anterior de
la invitación indeseada, la mayoría de la gente dice:
«Lo siento pero no puedo ir». En este contexto, una
disculpa resulta innecesaria; no has hecho nada que
exija una disculpa.

Ser asertivo es una habilidad. Puede aprenderse y practicarse.
Puedes hacer uso de estas indicaciones y experimentar en situaciones distintas. También puedes comenzar con pequeñas solicitudes
y avanzar progresivamente hacia otras más importantes, como pedir
un aumento de sueldo o una cita. Si necesitas más entrenamiento,
puedes ponerte en contacto con una organización de salud mental
o pedir en el hospital una lista de profesionales de formación asertiva.

La magia del entendimiento

El fundamento de la comunicación humana, tanto verbal como no verbal, es el entendimiento. El diccionario define entendimiento como «relación caracterizada por la armonía, la conformidad, el acuerdo o la afinidad». Cualquier comunicación eficaz entre dos o más personas exige que se establezca un buen entendimiento entre ellas. ¿Cuántas veces has tenido la experiencia de estar «en la misma longitud de onda» que otra persona y te has sentido perfectamente conectado con ella? Éste es el nivel ideal de entendimiento.

El entendimiento da resultado gracias a varios ingredientes. La próxima vez que estés en un lugar público, como un restaurante, fíjate en la postura corporal de las personas. Cuando dos personas se están comunicando, si tienen entendimiento, su comportamiento no verbal lo refleja. Por ejemplo, si uno se inclina hacia adelante, la otra persona no tardará en hacer lo mismo, normalmente antes de treinta segundos. Un estudio demostró los efectos de observar la postura de las personas. En un experimento, los sujetos se dividieron en grupos de dos personas. A cada pareja se le pidió que entrevistara a una persona. Se trataba de un actor al que se le había pedido que reflejara las posturas de sólo uno de los entrevistadores. El actor tenía que ser sutil y no evidenciar lo que estaba haciendo. Los resultados demostraron que el entrevistador reflejado refería luego una mejor impresión del entrevistado. Además, el entrevistador reflejado decía que se «identificaba» con el entrevistado.

Los estudios sobre la atracción también han demostrado que a las personas les gustan las personas semejantes a ellas mismas. Tales estudios confirman el viejo refrán que reza: «Dios los cría y ellos se juntan». Nos suelen gustar las personas que tienen intereses similares a los nuestros, que tienen un bagaje y una actitud semejantes a los nuestros. A la gente le gustan las personas que son como ellos. Por ejemplo, cuando conoces a alguien en una reunión social y descubres que estáis en la misma longitud de onda, la rápida construcción del entendimiento se debe tanto a la conversación sobre un tema que os interesa a ambos como al hecho de reflejar mutuamente vuestros movimientos.

El contexto de tu comunicación siempre será importante porque reflejar los movimientos corporales de otra persona es un acto involuntario. En efecto, te haces eco de los movimientos de la ótra persona tanto si te das cuenta de ello como si no. Pero esto no significa que no puedas ser consciente de dicha conducta. Una vez que sabes que las personas reflejan mutuamente el lenguaje corporal de forma natural, puedes hacer uso de este conocimiento para alcanzar el entendimiento, sin por ello dejar de ser coherente con el contenido de tu comunicación.

Así pues, con vistas a alcanzar entendimiento con una persona, sigue estos sencillos pasos: 1) refleja sus movimientos y 2) utiliza sus palabras clave o predilectas. Para cumplir el primer paso, haz lo mismo que hagan: si se inclinan hacia atrás, inclínate hacia atrás; si cruzan las piernas, cruza las piernas; y así sucesivamente. Quienes empiezan a reflejar la conducta ajena temen que la otra persona lo note y se ofenda. Si conservas la calma y practicas el seguimiento de los movimientos de la otra persona con naturalidad, descubrirás que alcanzas un buen entendimiento automáticamente. Si te muestras cohibido y exageras, la otra persona lo advertirá y se incomodará.

Si te incomoda reflejar, utiliza el segundo paso para alcanzar entendimiento. Según los neurolingüistas, las personas perciben el mundo a través de cinco sentidos, pero tres de estos sentidos, el tacto, el oído y la vista, son los más importantes para la mayoría de la gente. No nos fiamos tanto de los sentidos del olfato y el gusto para captar el significado de nuestras experiencias. Según la teoría neurolingüística, las personas reciben información a través de los sentidos, la procesan en los circuitos neuronales del cerebro y la expresan mediante el lenguaje verbal y el no verbal.

Richard Bandler y John Grinder señalaron en *The Structure of Magic* que el lenguaje verbal es literal. Por ejemplo, si dices que «ves» la solución a un problema, estás viendo una imagen mental a un nivel subconsciente. También señalaron que las personas suelen preferir uno de los sentidos principales (tacto, oído, vista) para percibir el mundo. Según otras enseñanzas, para alcanzar el entendimiento tienes que «hablar el lenguaje de las personas».

Una forma sencilla de descubrir qué sentido prefiere una persona en un momento determinado consiste en prestar atención a las palabras concretas que utiliza. Los ejemplos siguientes ilustran este fenómeno.

Una persona que prefiera el tacto a los demás sentidos utilizará el siguiente tipo de expresiones:

«No me ha sentado bien lo que has dicho.»
«Este problema se me escapa de las manos.»
«Debemos permanecer en contacto.»
«Estoy cómodo con mi trabajo.»
«Esto me coge a contrapelo.»
«Me siento inclinado a hacerlo.»
«Cargo con una pesada responsabilidad.»
«Ahora caigo en lo que quieres decir.»
«Échame una mano para resolver esto.»
«Tengo una fe a prueba de bombas.»
«Tengo la sensación de que me llamará.»

Una persona que prefiera el oído a los demás sentidos utilizará el siguiente tipo de expresiones:

«Entiendo.»
«Deja que te lo cuente.»
«Me suena bien.»
«Escúchame, ¿quieres?»
«Quiero sintonizar con lo que dices.»
«No me digas palabras con doble sentido.»
«Quiero recibir noticias de ti.»
«¿Estás oyendo lo que te digo?»
«Me hizo tilín.»

«Algo me dice que dará resultado.»
«No he dejado de repetirme esta idea durante días.»

Una persona que prefiera la vista a los demás sentidos utilizará el siguiente tipo de expresiones:

«Ahora veo la cuestión.»
«Esta idea tiene buen aspecto.»
«Es una experiencia reveladora.»
«Un ejemplo colorido.»
«Esto arroja luz sobre lo que estás diciendo.»
«Sí, puedo verme haciéndolo.»
«Si vuelvo la vista atrás, veo mi error desde una perspectiva distinta.
«No me dejes a oscuras. Aclárame tu punto de vista.»
«Quiero tener un panorama general de la situación.»
«Deja que te muestre una cosa.»
«Fijémonos en este punto.»

Según los fundadores de la neurolingüística, este lenguaje es más literal de cuanto parecen sugerir las metáforas que encierra. Cuando decimos «se me escapa de las manos», estamos enmarcando físicamente lo que sentimos sobre la experiencia en cuestión, como si pudiera tocarse y sostenerse. Cuando decimos «no dejo de repetirme que tengo que hacerlo», nos estamos representando una experiencia auditiva. Si decimos: «Puedo ver la salida a esta situación», estamos formando una imagen mental.

A veces las personas utilizan expresiones que no son concretas. Por ejemplo, pueden decir:

«Quiero que me describas una cosa.»
«Me gustó la experiencia que compartimos.»
«Avísame cuando quieras que te preste atención.»
«No lo entiendo.»

«No me gusta que hagas eso.»
«El tiempo que pasamos juntos estuvo bien.»

Tales frases no dan ninguna pista sobre el sentido que prefiere la persona. Un manera sencilla de estimular a una persona a utilizar palabras descriptivas (es decir, expresiones fundamentadas en los sentidos) consiste en preguntar: «¿Cómo, en concreto?». Por ejemplo, si el orador dice: «Disfruté del tiempo que pasamos juntos», puedes preguntarle: «Tengo curiosidad por saber cómo (o de qué manera) en concreto disfrutaste del tiempo que pasamos juntos». Para responder a esta pregunta, la persona tiene que darte una descripción o interpretación concreta de la experiencia en cuestión. Dar por sentado que la palabra «disfrutar» significa lo mismo para ti que para los demás es abonar el terreno para el malentendido.

En síntesis, sabemos que:

1. Sin entendimiento, la comunicación no será fructífera.
2. A las personas les gustan las personas que son como ellas.
3. Para alcanzar entendimiento podemos reflejar los movimientos corporales del interlocutor o hablar en su lenguaje utilizando su modo de expresión predilecto.

8

LA ORGANIZACIÓN

ESTABLECER OBJETIVOS

—¿Por favor, puedes decirme hacia dónde debo ir desde aquí?
—Eso depende en gran medida de adónde quieras llegar
—respondió el Gato de Cheshire.
—No me importa demasiado... —dijo Alicia.
—Entonces no importa hacia dónde vayas —dijo el Gato.

LEWIS CARROLL, *Alicia en el País de las Maravillas*

LOS OBJETIVOS POCO realistas constituyen un agente potencial de estrés. Por ejemplo, si alguien compra un libro sobre control del estrés y espera aprender las habilidades que en él se presentan sin practicar, ¡estará estableciendo un objetivo poco realista! Quizá un fumador jure dejar de fumar a fin de mes; un comedor compulsivo pierda treinta kilos en tres semanas; un insomne concilie el sueño el fin de semana. Todos ellos son objetivos loables, aunque poco realistas.

Igualmente estresante resulta una vida carente de objetivos. Las personas sin objetivos se ven en apuros ante los altibajos de la vida. Malgastan su energía porque carecen de objetivos en los que centrar sus esfuerzos. Aunque estas personas tengan una idea vaga de lo que quieren lograr en la vida, puede que sigan pasando de un empleo a otro o cambiando de ámbito de estudios continuamente, con lo que agravarán su sentimiento de insatisfacción y lo harán duradero.

Los objetivos dan sentido a nuestras vidas. Una vez que sabemos exactamente lo que queremos, podemos concentrar nuestros recursos. También nos permiten elegir. Los objetivos nos recuerdan adónde queremos llegar en la vida y nos permiten organizar el modo de conseguirlo. Establecer un objetivo es el primer paso para lograr algo en la vida.

Sin embargo, un objetivo debería ser más un viaje que un destino. Durante este viaje, te vas dando cuenta de tu potencial. Alfred Adler, el fundador de la psicología individual, escribió en *What Life Could Mean to You*:

> A nadie preocupará, creo yo, el hecho de que nunca alcancemos nuestro objetivo último. Imaginemos a un individuo, o a la humanidad en conjunto, que ha alcanzado una posición en la que ya no tropieza con dificultades. Sin duda la vida en tales circunstancias sería muy aburrida: todo podría preverse y calcularse con antelación. El día de mañana no traería consigo oportunidades inesperadas y no habría nada que esperar del futuro. Nuestro interés por la vida es fruto, en gran parte, de nuestra incertidumbre. Si todos estuviésemos seguros de todo, si supiéramos todo lo que se puede saber, no habría más debates ni descubrimientos. La ciencia tocaría a su fin; el universo que nos rodea no sería más que un cuento que ya nos han contado. El arte y la religión, que nos proporcionan ideales a los que aspirar, dejarían de tener significado. Es una gran suerte que los desafíos de la vida sean inagotables. El esfuerzo humano no tiene fin y siempre podemos encontrar o inventar nuevos problemas, y crear nuevas oportunidades para la cooperación y la colaboración. (p. 58)

El beneficio de fijarse objetivos que está más relacionado con el control del estrés es que hacerlo propicia un estilo de vida más relajado. Establecer objetivos también te permite estar preparado para salvar obstáculos. ¿Te subirías a un avión cuyo comandante anunciara: «Soy el piloto de este avión. No sé dónde aterrizaremos. Decidiré cuál es el lugar más apropiado cuando lo vea»? Por supuesto que no. El piloto sabe no sólo adónde se dirige, sino también todo lo relativo a cómo llegar, antes de enfilar la pista para el despegue. Sabe si el avión necesitará repostar. Conoce la fuerza y la dirección del viento, así como los cambios meteorológicos previstos. Cada detalle del vuelo se planea con antelación para garantizar que el avión aterrice sin problemas y los pasajeros lleguen sanos y salvos.

Identificar cuáles son tus objetivos en la vida te ayuda a predecir, reducir y gestionar los agentes estresantes. Fijar objetivos y establecer prioridades también proporciona equilibrio mental, pues te da una sensación de organización, concentración y propósito, y te ayuda a gestionar el tiempo con eficacia. Si careces de objetivos, es más probable que te sientas obligado a responder que «sí» a las solicitudes de otras personas y que obedezcas a sus deseos y antojos. No estoy insinuando que debas rechazar las solicitudes de los demás, sino que debes saber ponerles límite.

Antes de emprender los seis pasos que conlleva fijarse objetivos, deberías saber lo que quieres. Si tienes dificultades para señalar una carrera o un ámbito de estudio concretos, u otro propósito de tu interés, piensa sobre la pregunta siguiente: ¿Qué harías en la vida que sea tan importante y satisfactorio que estarías dispuesto a pagar para que te permitieran hacerlo? Si no logras determinar con precisión tus objetivos, puedes contactar con un asesor laboral. Estos profesionales te ayudan a identificar tus ámbitos de interés. Mediante pruebas de aptitud y de interés puedes descubrir en qué eres bueno y qué te gusta hacer: a menudo, por supuesto, se trata de la misma cosa.

6 pasos para establecer objetivos

Paso 1. Anota tus objetivos con claridad y precisión en una hoja de papel o escribe lo que siempre has querido ser, hacer o tener en la vida. Deja volar la imaginación. Considera todos los aspectos de tu vida. Apunta tus objetivos en las siguientes categorías: espiritual, familiar, social, mental, física, profesional. Añade las categorías que te convengan. Apunta tus objetivos en términos concretos. «Quiero perder peso» no es un objetivo concreto. En cambio «Quiero perder cuatro kilos antes de mi cumpleaños» es una constatación concreta de tu objetivo.

Paso 2. Fija una fecha tope. El propósito de poner una fecha a tu objetivo es mantenerte motivado. Sin una fecha tope fijada, pospondrás todo esfuerzo. Imagina a una maestra que pide a sus alumnos que redacten un trabajo. Durante la clase les dice: «No os preocupéis por la fecha de entrega. Redactad el ejercicio y entregádmelo cuando lo hayáis terminado».

¿Cuántos estudiantes empezarían siquiera a redactarlo, y cuántos llegarían a entregarlo? También debes asegurarte de que la fecha tope sea a la vez razonable y estimulante. Si no puedes estimar la cantidad de tiempo necesaria, pregunta a personas que tengan objetivos similares.

Paso 3. Identifica las habilidades que requieres. Pongamos que tu objetivo es estar más relajado y controlar tu cólera. Después de anotar este objetivo en términos concretos y de fijar una fecha tope para alcanzarlo, tienes que practicar y aprender técnicas de relajación. Encuentra personas que conserven la calma en las situaciones estresantes. Habla con ellas sobre su filosofía, obsérvalas y modela tu conducta de acuerdo con la suya.

Paso 4. Anticipa los obstáculos. Este paso es importante porque aunque escribas tus objetivos, establezcas una fecha tope y aprendas las habilidades necesarias, los obstáculos siempre pueden interferir con tus planes. Si no estás preparado para tropezar con obstáculos, puedes perder la motivación y descarrilarte.

Paso 5. Considera por qué quieres alcanzar tu objetivo. ¿Qué provecho supondrá para ti y para los demás? Una vez que puedas responder a esta pregunta y escribir de qué formas concretas es beneficioso tu objetivo, lo habrás reivindicado. Una razón para alcanzar tu objetivo confiere sentido y añade pasión a tus esfuerzos.

Paso 6. Comprométete. A muchos de nosotros no nos gusta la palabra «compromiso». Procuramos evitarla porque conlleva trabajo y responsabilidades. Sin embargo, el compromiso es el ingrediente más fundamental para establecer y alcanzar objetivos. Comunica tus objetivos a personas que te apoyen. Evita hablar de tus planes con personas que puedan opinar que tu objetivo es «imposible» o que sean propensas a decir cosas como «no podrás hacerlo», «sé realista, una mujer no puede hacer eso» o «eres demasiado mayor para volver a la universidad». Habla de tus objetivos sólo con las personas que te brinden su apoyo y entusiasmo.

Para asegurarte de alcanzar tus objetivos con éxito, escríbelos en tarjetas y léelos a diario. Llévalos en la cartera o el bolso, sujétalos con imanes a la nevera o con cita adhesiva al espejo del baño para que te sirvan de recordatorio. También puedes alimentar tus expectativas visualizando la consecución de tus objetivos. Las imágenes y ensayos mentales han demostrado ser tan efectivos como la práctica física y real. Un estudio clásico dirigido por el doctor A. Richardson demostró que la práctica mental de un deporte o actividad resulta tan beneficiosa como la real. El doctor Richardson dio instrucciones a un grupo de personas para que utilizaran sólo la imaginación para efectuar lanzamientos libres de baloncesto. No practicaron en un campo de baloncesto ni una sola vez a lo largo del experimento. Se limitaron a sentarse y visualizar sus lanzamientos libres. Los resultados revelaron que este grupo lograba resultados tan buenos como los de los jugadores que se entrenaron en el gimnasio.

APLAZAR LAS DECISIONES

El aplazamiento de las decisiones es el mayor obstáculo autoinducido para alcanzar tus objetivos. Si empiezas a aplazar decisiones, revisa tus objetivos minuciosamente. Quizá no estés preparado para alcanzarlos o tengas miedo a un posible fracaso. Quizá el objetivo no sea lo bastante desafiante. O tal vez seas prudente ante los riesgos e incluso temas los cambios a mejor. Es posible que pienses que los demás no aprobarán tu objetivo.

Exploremos la razón más común del aplazamiento de decisiones: el miedo al fracaso. Cuando un niño comienza a aprender a caminar, su cerebro almacena todas las intentonas y errores en la mente subconsciente. El niño sólo aprende mediante los intentos y los errores cuáles son los músculos que debe tensar y relajar y en qué orden. Sin errores, no sería capaz de aprender a caminar. Cada uno de los movimientos erróneos que efectúa forma parte del proceso de reunir información para la mente subconsciente. Por consiguiente, los errores y fallos son esenciales, pues permiten que el niño recuerde qué movimientos no debe hacer. Intente lo que intente, el niño siempre saldrá airoso, porque siempre reúne información sobre la tarea que quiere llevar a cabo, el objetivo que quiere cumplir.

Es importante recordar que el fracaso es un requisito previo para el éxito. Thomas Edison ensayó 1.001 formas distintas para inventar la bombilla. Cuando le pidieron que efectuara un comentario sobre todos aquellos «fracasos», respondió: «Conozco más de mil maneras de no hacer una bombilla». El novelista inglés John Creasey recibió 763 negativas de editoriales antes de llegar a publicar 564 libros. Todos conferimos sentido a las experiencias de la vida. Para las grandes personas, el fracaso es una experiencia de aprendizaje. ¿Qué significa el fracaso para ti?

GESTIONAR EL TIEMPO

¿Pasamos a través del tiempo o él pasa a nuestro lado? El tiempo es un fenómeno fascinante. Cuando estamos a gusto, el tiempo «vuela», y cuando estamos aburridos, se eterniza. Nuestra percepción del tiempo está misteriosamente vinculada con las experiencias de la vida. El tiempo puede ser nuestro amigo o nuestro enemigo. Puede ser nuestro aliado en el control del estrés o una fuente del mismo estrés que tratamos de evitar. Muchas personas tienen la impresión de que «cuanto más corren, menos avanzan». Siempre llegan tarde. No hacen planes diarios, semanales o mensuales. No establecen prioridades. Saltan de una actividad a otra dejándolas todas sin terminar. Al final del día, de la semana o del mes se sienten culpables y abrumados al encontrarse con que les queda por hacer más de lo que pueden.

Antes de pasar a los consejos sobre la gestión del tiempo, averigüemos qué tal te desenvuelves actualmente. Dedica unos minutos a rellenar una agenda diaria. Este inventario de tu tiempo te muestra visualmente cómo gastas el tiempo en distintas actividades como dormir, vestirte, comer, comprar, cocinar, trabajar, hacer las faenas de la casa, ocuparte de tus hijos y jugar.

Una vez que sepas cómo repartes el tiempo, estarás en condiciones de introducir cambios. Por ejemplo, podrás ver si dedicas demasiado tiempo a charlar por teléfono o a ver televisión.

7 pasos para una gestión eficaz del tiempo

Paso 1. Consíguete una agenda para anotar las citas y los planes de trabajo. También puedes incluir en ella tus objetivos. Establece prioridades, desde la tarea más urgente a la menos importante. También puedes comprar un calendario de pared plastificado de gran formato en el que anotar tus compromisos para luego borrarlos con un trapo húmedo. Las actividades que tengas planeadas estarán siempre a la vista con toda claridad, y si cuelgas el calendario en un lugar visible, te resultará imposible incumplir las fechas tope.

Paso 2. Haz una lista de las cosas que tienes que hacer. Por la noche, anota las actividades del día siguiente según tus objetivos y prioridades. Ponlas en orden de importancia, con las etiquetas «urgente», «importante» y «puede esperar». A la mañana siguiente, lleva a cabo la primera anotación de la lista de inmediato. Asegúrate de terminarla; no permitas que ninguna distracción entorpezca su cumplimiento. Luego pasa a la siguiente anotación.

Paso 3. Recompénsate. Fija fechas tope realistas y concédete un premio por cada tarea que termines. Una recompensa no tiene por qué ser cara ni ocupar mucho tiempo. Una frase positiva a modo de palmada a la espalda será suficiente. Dite a ti mismo: «Lo he hecho muy bien, y he terminado a tiempo». Luego pasa al siguiente punto de la lista.

Paso 4. Delega. Pregúntate si puedes y debes encargar a otros alguna de las actividades que tienes previstas para el día. Si hay una tarea que te incomoda o que no estás preparado para realizar, pide a alguien que la realice en tu lugar. Deja bien claro qué es lo que quieres de esa persona. Proporciónale toda la información necesaria para llevar a cabo el encargo.

Paso 5. Revisa. Al final de cada mes, repasa tu agenda. Observa cómo te va y cómo podrías mejorar. Esta revisión mensual te revelará tus puntos fuertes y débiles.

Paso 6. Vigila a los «ladrones de tiempo», como el aplazamiento de decisiones. Recuerda que ejerces un control absoluto sobre tu tiempo. Motívate para hacer las cosas sin dilación. A veces pongo un cartel en mi escritorio que dice: «¡Hazlo ahora!».

Paso 7. Organízate. Otro ladronzuelo de tiempo es un entorno desordenado. Cuando tienes que revolver papeles amontonados, libros, facturas, revistas y otras cosas para encontrar algo, pierdes un tiempo que podrías estar empleando en desempeñar la tarea que te has encomendado. Si tu lugar de trabajo está desorganizado, ordénalo. Pon cada cosa en su sitio, donde esté a mano y resulte fácil de encontrar. Haz un poco de limpieza cada sábado o domingo por la mañana. Un lugar de trabajo limpio y ordenado ahorra mucho tiempo y disgustos y hace más fácil el cumplimiento de tus propósitos en el tiempo previsto.

Resolver problemas

Cada día nos enfrentamos a problemas en el trabajo y en casa, problemas que van desde a qué restaurante ir hasta qué casa comprar. La incapacidad de dar con soluciones satisfactorias resulta frustrante. No obstante, los problemas en sí mismos son buenos porque nos desafían a echar mano de nuestro potencial. Los problemas fomentan la creatividad y nos ayudan a crecer.

En general, existen dos formas distintas de enfocar un problema. El primer enfoque es lineal y lógico. El segundo es creativo y a menudo se denomina «pensamiento lateral». Cuando haces frente a un problema de forma lógica, sigues una serie de pasos lógicos. En cambio, si lo haces de manera creativa no sigues ningún paso lógico ni ordenado, sino más bien lo contrario: rompes las reglas de la lógica y confías en tu creatividad e intuición para abordar el problema. Das rodeos, haces garabatos, cambias de perspectiva, investigas desde distintos ángulos, pruebas cosas distintas.

La perspectiva lógica para resolver problemas

1. Identifica el problema con claridad. Hay quien se salta este paso fundamental y trata de pensar una solución sin haber comprendido antes el problema. Quizá deberías ponerlo por escrito; unos diagramas pueden ayudarte a visualizar las dificultades. Quizá debas comentarlo con alguien. Haz lo que convenga para comprender perfectamente el problema al que te enfrentas.

2. Establece tus criterios. Un criterio es una pauta en la que basas un juicio o una decisión. Conocer tus criterios te permite elegir las mejores alternativas. Si quieres comprar un par de zapatos y uno de tus criterios

---

es que sean duraderos, dicho criterio te ayudará a determinar qué zapatos debes comprar.

3. Busca alternativas inspiradas. Una vez que conozcas el problema y hayas identificado tus criterios, debes encontrar todas las alternativas posibles. En esta fase no tratas de juzgar las ideas. Tu tarea en este punto es pensar en tantos enfoques de la situación como puedas. Recuerda que nada es imposible ni descabellado.

4. Analiza cada una de las alternativas. Para ello, elabora una lista de ventajas e inconvenientes. Sopesa cada alternativa según tus criterios y descarta las que no den la talla.

5. Elige una solución o una combinación de soluciones. Puedes seleccionar la alternativa más apropiada o bien tomar distintos aspectos de cada alternativa y crear una nueva.

6. Aplica la solución. Este paso es muy importante. A menudo las personas identifican el problema, establecen sus criterios, buscan alternativas, analizan y seleccionan la mejor solución y luego no saben concretar cómo van a aplicarla. Decide quién llevará a cabo la solución y fija una fecha tope para hacerlo.

La perspectiva creativa para resolver problemas

Ahora exploremos el enfoque creativo de la resolución de problemas. Mi recomendación es que se prueben ambos enfoques. A mí, personalmente, el enfoque creativo me parece más eficaz y más interesante.

En primer lugar, es preciso que consideremos las implicaciones de nuestro impulso innato de reconocer y establecer pautas. Nuestros cerebros están diseñados para marcar pautas, proceso que nos permite hacer frente con eficacia a la abrumadora cantidad de estímulos que recibimos del entorno. Por eso creamos hábitos con tanta facilidad. Igual que en el ejemplo del niño que aprende a caminar, constantemente creamos pautas de conducta que se almacenan en la mente subconsciente. Estas pautas son esenciales para muchos aspectos de la vida; por ejemplo, cada vez que conduces tu coche, no te repites conscientemente las minuciosas y complejas tareas que conlleva hacerlo. Tu mente subconsciente te permite conducir con el «piloto automático». Puedes mantener una conversación o escuchar música mientras maniobras por las calles de la ciudad.

No obstante, la creación de pautas también presenta sus desventajas, puesto que, en forma de hábitos, las pautas nos perjudican cuando necesitamos romperlas. Aunque las pautas son esenciales para muchas de las actividades cotidianas, también pueden volverse contra nuestra capacidad para resolver problemas. Una vez que creamos una pauta para percibir un problema, no logramos ver otras posibilidades de resolución.

Con frecuencia confiamos demasiado en la lógica para resolver problemas. Nos gusta la seguridad que nos dan los pasos predecibles. A menudo empezamos a procesar el problema sin considerar la función de la percepción; nuestra percepción colorea el modo en que experimentamos el mundo. Creamos filtros de percepción como resultado de las experiencias de la infancia, el entorno, la cultura y la educación recibida.

Para poder procesar información con lógica, antes debemos percibirla. Si nuestra percepción es distorsionada o idiosincrásica (cosa natural puesto que somos humanos) puede que logremos resultados poco satisfactorios. Analicemos con más detalle nuestras limitaciones de percepción.

Vivimos en un mundo ajetreado. Ahora mismo estás procesando información que va desde el ritmo de tu respiración hasta las pautas que forman las letras en esta página, desde la forma de los objetos que te rodean hasta los sonidos que oyes de fondo. Puesto que constantemente nos bombardea una enorme cantidad de información, el cerebro recurre a distintas estrategias para simplificar el mundo. Según la escuela de psicología Gestalt, que hace hincapié en la organización y la integridad de las actividades mentales, organizamos la información de determinadas maneras para tratarla con eficacia. Por ejemplo, tendemos a agrupar los objetos que están próximos entre sí. Por consiguiente percibimos las seis líneas de la figura 1, por ejemplo, como tres parejas.

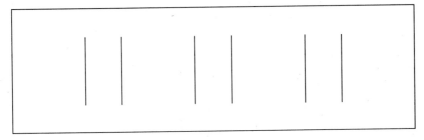

Figura 1

Otra manera de simplificar el mundo que nos rodea consiste en agrupar las cosas que son semejantes. En la figura 2 agrupamos los puntos negros con los puntos negros y los puntos blancos con los puntos blancos. Por consiguiente, vemos filas en el panel A y columnas en el panel B.

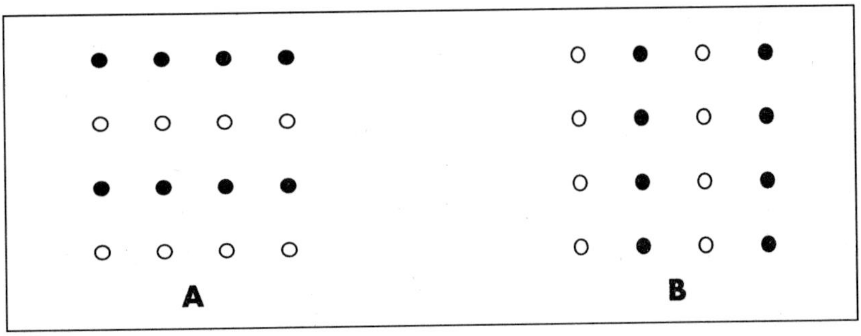

Figura 2

Prueba el siguiente ejercicio. Conecta los nueve puntos de la figura 3 con sólo cuatro líneas rectas. No traces dos veces el mismo recorrido ni separes el bolígrafo del papel. ¿Puedes hacerlo? Inténtalo ahora, antes de seguir leyendo.

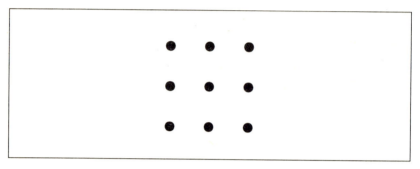

Figura 3

La mayoría de la gente se encalla en este problema porque la disposición cuadriculada de los puntos crea un bloque. La solución figura al final de este capítulo.

Otra característica de nuestra mente consiste en dar cosas por sentadas. Lee las frases de los dos triángulos de la figura 4. ¿Adviertes algo extraño? La mayoría de la gente no logra ver que hay una palabra de más en cada frase. No lo advertimos en seguida porque damos por sentado que mediante una lectura rápida normal veremos lo que esperamos ver.

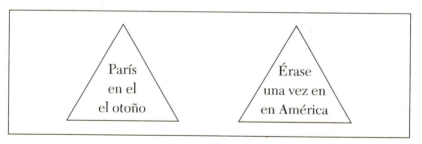

Figura 4

Otro de nuestros puntos flacos en la percepción es el que ilustra la figura 5. ¿Puedes identificar qué son estas formas? Te costará trabajo si sólo ves las figuras negras: fíjate en el espacio blanco que las rodea.

Figura 5

¿Ves las letras «FLY» ahora? La razón por la que no las reconocías de entrada es que estabas condicionado para leer este libro considerando la página blanca como fondo y las manchas negras como caracteres.

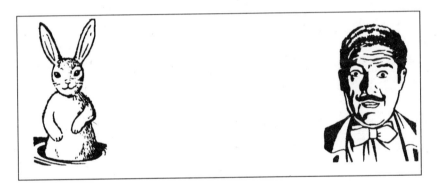

Figura 6

Efectúa un experimento más de percepción. Cierra el ojo derecho y mira fijamente al mago de la figura 6 con el ojo izquierdo. Acerca o aleja la página despacio hasta que el conejo desaparezca. Éste es tu punto ciego. La imagen del conejo no puede verse porque cae en una pequeña zona de la retina que es insensible a la luz. Está situada en el plano horizontal entre doce y quince grados hacia el exterior de la nariz.

Ahora estudia la figura 7. ¿Cuál de los dos puntos negros es más pequeño? En efecto, tienen el mismo tamaño, pero el de la izquierda parece menor que el de la derecha, debido al tamaño relativo del círculo exterior. En la percepción todo es relativo.

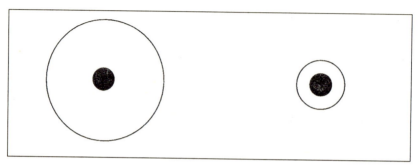

Figura 7

Estos sencillos tests nos demuestran que nuestra percepción del mundo está distorsionada. Dicha distorsión tiene una función beneficiosa ya que nos ayuda a organizar el mundo, simplificando su complejidad y permitiéndonos manejar el infinito número de estímulos que recibimos. Ahora que ya eres consciente de algunas de tus limitaciones de percepción, te será más fácil tenerlas en cuenta.

---

8 consejos para la resolución creativa de problemas

1. Libérate de la trampa de la lógica.
2. Desafía tus suposiciones.
3. Rompe las reglas de percepción (que no las legales o morales).
4. Haz preguntas tontas.
5. Contempla los problemas desde un punto de vista infantil, o dándoles la vuelta, o poniéndolos boca abajo.
6. Adopta una actitud lúdica y disfruta con las implicaciones del ejercicio.

7. Cuenta con el estrés como aliado.
8. Arriésgate, pon algo en juego.

Permíteme ilustrar con un ejemplo la resolución creativa de problemas. Mi padre era dueño de una carpintería en la pequeña localidad de Abhar, en Irán. Un buen día el banco del pueblo cambió de oficina y necesitó que alguien trasladara la caja fuerte. El banco estaba desesperado. En el pueblo nadie aceptaba el trabajo porque la caja fuerte pesaba tres toneladas y se hallaba en el segundo piso de un edificio viejo. Por añadidura, el suelo donde descansaba la caja fuerte estaba en mal estado y quien efectuara la mudanza sería responsable de cualquier desperfecto causado. Nadie quería correr tamaño riesgo, pero mi padre aceptó el reto y fue a ver la caja fuerte acompañado de varios operarios de la carpintería. Tuvo que firmar un contrato garantizando que correría con los gastos de reparación de cualquier desperfecto ocasionado. Lo interesante del caso es que mi padre aceptó el desafío antes de hallar la solución.

El estrés alentó su motivación. Estuvo reflexionando acerca del problema a lo largo de todo el día. Aquella noche, antes de acostarse, se le ocurrió una idea. Había dado con la solución. ¿Puedes resolver el problema tú? ¿Cómo trasladarías una caja fuerte que pesa tres toneladas desde el lugar que ocupa en el suelo? Recuerda que no cuentas con maquinaria eléctrica, sólo con herramientas sencillas. Recuerda también que las viguetas que sostienen el piso son viejas y es probable que estén podridas. Medítalo un rato antes de seguir leyendo.

La solución que se le ocurrió a mi padre no suponía ningún peligro y tampoco era costosa. Dispuso varios palos redondos de madera a los pies de la caja fuerte. Encima puso dos sacos de heno. Con una palanca volcó la caja fuerte sobre los sacos, y luego los fue vaciando poco a poco por debajo. Como resultado, la caja fuerte se apoyó gradualmente sobre los maderos redondos, quedando lista para ser empujada. ¡Esto sí que es una solución creativa!

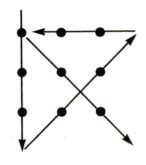

Solución al acertijo de la figura 3

APÉNDICE 1

◎

PINTAR UNA IMAGEN CURATIVA

SUELO REALIZAR EL siguiente ejercicio de visualización guiada una vez por semana. Visualizo mi sistema inmunológico con su ejército. Primero uso una técnica de relajación (relajación progresiva o autógena) para aliviar la tensión. Cuando ya estoy completamente relajado, convoco al ejército de mi sistema inmunológico. Imagino un valle espacioso donde reúno a mis células blancas. Presto atención a los detalles: el color y la forma de las cosas, los sonidos y olores del entorno, y las sensaciones que experimento. Durante la reunión doy las gracias a mi leal ejército por proteger mi cuerpo y conservarme la salud. Entonces abrazo y entrego mi amor a cada uno de mis soldados. Después de cada encuentro, se sienten más fuertes y sanos. Este procedimiento no difiere mucho del que utilizan en el hospital M. D. Anderson de Houston, Texas, donde emplean un videojuego llamado «Killer T cell» para ayudar a los pacientes con cáncer a visualizar su sistema inmunológico en combate, destruyendo triunfante las células enemigas.

Los ejercicios de visualización guiada no están pensados para sustituir a la medicación ni a la asistencia médica. El propósito de la visualización guiada es mantener tu cuerpo sano y potenciar el programa de tratamiento, pero recuerda que sería una locura emplear programas de visualización guiada como sustitutos de un tratamiento médico.

Lo que sigue es un sencillo guión de visualización guiada que incorpora el popular principio chino del yin y el yang. Estos términos indican los dos aspectos complementarios de la unidad del universo. La parte coloreada es yin, que representa lo femenino, lo frío, lo pesado, la noche y el principio negativo. La parte blanca, yang, representa lo masculino, lo cálido, la luz, el cielo, el día y el principio positivo. Por otra parte, según la filosofía china, yin es el cuerpo humano y yang el alma humana.

Figura 8: Yin y yang

Fíjate en que a pesar de que yin y yang están divididos en partes diferenciadas, son una sola cosa. La parte coloreada, yin, tiene un círculo blanco que es la semilla de su parte complementaria. Del mismo modo, yang incorpora la presencia de yin representado mediante un círculo coloreado. Puesto que en el guión hago referencia a él, debes tener en mente este símbolo del yin y el yang mientras leas. Así podrás visualizarlo cada vez que aparezca en el texto. Recuerda que además debes realizar un ejercicio de relajación antes de emprender este ejercicio de visualización guiada.

> *Estás sentado o tendido... a gusto... y cómodo... relajado... sereno y seguro... Ahora miras al cielo como lo hacías de niño... con curiosidad y ganas de aprender... mirando a las estrellas titilantes en el cielo nocturno, lleno de admiración... cuántos lugares... dimensiones... y reinos hay por descubrir... para disfrutar con asombro... y maravillarse...*

Apéndice 1

En aquel tiempo... no sabías que eras un hijo del universo... un hijo singular que contenía todas las bellezas y las alegrías del mundo... eres parte de este universo... un universo ilimitado de galaxias, estrellas, planetas y criaturas... todos tan bellos... tan fundamentales para el orden del universo... siempre en expansión... de dimensiones ilimitadas... con un potencial que va más allá de cuanto puedas imaginar...

Ganas de aprender... ganas de crecer... y ganas de amar... de experimentar nuevas sensaciones... mientras sigues relajado... te das cuenta de que tu conciencia se expande... abarcando nuevos ámbitos... nuevas experiencias y nuevos aprendizajes...

Ahora centras la atención en la frente... te sientes tan relajado... tan sereno... completamente en calma... a gusto... seguro... te dejas llevar... Mientras sientes estas sensaciones, puedes ver tu frente relajada... y si la miras de cerca, adviertes que hay una luz... que gradualmente toma la forma de yin, la parte coloreada del símbolo chino... poco a poco empiezas a notar que la luz adquiere la forma del estampado de cachemira... llena de luz... haciendo que te relajes más y que sientas el calor de sus rayos... Por un instante deja el yin iluminado frente a ti, suspendido en el aire...

Respiras profundamente... y acompasadamente... y te vas relajando más a cada respiración, notas que el corazón te late con fuerza... y con salud... también ves que una luz rodea al corazón... una luz brillante que cada vez brilla más... la luz comienza a cambiar de forma, haciendo que sus rayos formen el yang, la parte blanca del símbolo chino de la unidad...

Respira profundamente... cobra conciencia de tu mente... calma... serenidad... nada interfiere... nada molesta... empiezas a notar la luz alrededor de tu corazón... mientras sigues respirando profundamente, cobras conciencia de que las dos partes iluminadas del yin y el yang se aproximan... se atraen mutuamente... se van acercando... hasta que las dos partes se encuentran y devienen una... unida... formando una redonda... esfera resplandeciente... en un instante la esfera empieza a revolotear... emanando rayos sanadores... tocando y penetrando tu cuerpo... dándole calor... fuerza... salud y bienestar...

Siente la fuerza curativa... sus rayos cálidos... mira las sombras de color que bailan en sus rayos... todos los colores... rojo... azul... amarillo... naranja... violeta... verde... y todos los demás colores... bailando en la luz... y tú estás en sintonía con el arrullo de la luz... un sonido agradable y relajante... y en contacto con el calor de la luz que acaricia tu cuerpo... disfruta de estas sensaciones...

Puedes ver que la esfera resplandece con luz blanca... el yin, la parte coloreada de la esfera... está llena de colores... rojo... azul... naranja... y muchos otros que nadan en esta zona de luz...

En un momento dado la esfera resplandeciente empieza a flotar alrededor de tu cuerpo... Ahora deviene radiante... la luz emana sus rayos cálidos y sanadores... que dan vueltas alrededor de tu cuerpo... rodeándolo... te sientes muy a gusto bañado en los rayos resplandecientes... de la cabeza a los pies...

A cada respiración... estás más relajado... cuando la luz te acaricia los pies... se calientan... las piernas... calientes... la luz sube hacia tus muslos... calentándolos... alcanza la zona de la pelvis... calor... cura todas tus fibras... cada célula... cada órgano y sistema de tu cuerpo... el estómago... cura... la espalda... cura... el pecho... cálido... cura tu corazón... haciéndolo más

fuerte y sano... los brazos... cálidos... los hombros... cá-
lidos... el cuello... cálido y relajado... sigue subiendo
hasta tu rostro... que resplandece de salud... todos los
músculos faciales están sueltos y relajados... la frente...
fresca y relajada... percibes una nueva sensación de
bienestar... que envuelve todo tu cuerpo... tus emocio-
nes... tu mente... y tu ser...

Disfruta la sensación de unidad... los rayos sana-
dores penetran en cada célula... órgano... y tejido... vi-
gorizándolos... curando todas las enfermedades...
Cuando la fuerza sanadora encuentra células sanas,
sus rayos radiantes las hacen más sanas todavía... for-
taleciendo tu cuerpo... añadiéndole salud... y atracti-
vo...

La fuerza sanadora te da una sensación de equili-
brio... en todos los aspectos de tu bienestar... emocio-
nal... físico... espiritual... te haces fuerte... cada vez que
piensas en esta fuerza estás más seguro de ti mismo...
de tu potencial... y de tu capacidad para curarte a ti
mismo...

Si así lo deseas también puedes dirigir la luz sana-
dora a una parte concreta de tu cuerpo... que necesite
un cuidado especial... la esfera de luz tiene un rayo a su
disposición... un vívido y penetrante rayo... como un
foco de luz que puedes dirigir a la parte de tu cuerpo
que requiera atenciones especiales... cuidados especia-
les... un amor especial...

Cuando la luz termina de bañarte el cuerpo... la
mente... y las emociones con sus rayos sanadores, deja
que regrese a la seguridad de su refugio... Observa
cómo se divide de nuevo... puedes verla descomponer-
se... y oír el leve rumor que produce al desprenderse...
y sentir cada una de sus partes... cuando regresa a su
sitio... el yin a tu mente... y el yang a tu corazón...

Apéndice 1

Tómate el tiempo preciso... cuando estés listo respira profundamente... espira enérgicamente... y poco a poco recobra el estado de plena conciencia... sintiéndote restaurado... relajado... y contento... ahora.

APÉNDICE 2

❂

EL JUEGO DEL DILEMA DEL PRISIONERO

EL JUEGO DEL DILEMA del prisionero es un juego en el que dos jugadores pueden competir o cooperar. El resultado del juego dependerá de las decisiones que tomen ambos jugadores. Este juego se fundamenta en un relato clásico que figura en *Games and Delusions*, de R. D. Luce y H. Raiffa.

Se ha cometido un robo en un banco. Dos sospechosos son arrestados y encerrados en celdas separadas. El fiscal del distrito está convencido de que son culpables del atraco. No obstante, no dispone de pruebas concluyentes para llevarlos a juicio; necesita una confesión que garantice la condena, y se le ocurre un plan muy inteligente. Habla con cada prisionero por separado y les ofrece dos alternativas: confesar el crimen o no confesarlo. Les explica que las consecuencias dependerán no sólo de la opción que elija cada uno de ellos, sino también de lo que el otro prisionero decida hacer. Si ambos se niegan a confesar, recibirán un castigo menor. Si ambos confiesan, recibirán sentencias intermedias. Pero si uno confiesa y el otro no, quien confiese recibirá una sentencia leve y no irá a la cárcel, mientras que el que guarde silencio recibirá la pena máxima. Como puede verse, la situación constituye un verdadero dilema.

El esquema siguiente muestra las alternativas de los prisioneros. Tal como se ve, si ambos guardan silencio, sólo pasarán un año en prisión. Ahora bien, no tienen modo de conocer la decisión del otro. Si A confiesa y B guarda silencio, a B le caen veinticinco años de cárcel y A será puesto en libertad. Al contrario, en la situación inversa, B será libre y A deberá soportar veinticinco años de reclusión. La estrategia lógica para salir airoso es confesar, puesto que ninguno de los dos sabe lo que decidirá el otro, y si ambos confiesan les caerán penas de diez años y evitarán la pena máxima. La respuesta ideal, no obstante, es confiar el uno en el otro y guardar silencio, de modo que ambos tengan que cumplir sólo un año de cárcel.

Esquema del dilema del prisionero

		Prisionero B	
		Guarda silencio	Confiesa
Prisionero A	Guarda silencio	1 año para A 1 año para B	25 años para A Libertad para B
	Confiesa	Libertad para A 25 años para B	10 años para A 10 años para B

Como se ve, la estrategia lógica (confesar) resulta engañosa. Este guión muestra que a veces es mejor ir más allá del propio pensamiento lógico y egoísta y confiar en los demás. Considera la aplicación del juego del dilema de los prisioneros a los problemas sociales. Las negociaciones para reducir armamento entre las superpotencias, por ejemplo, constituye un buen ejemplo de aplicación de este dilema. ¿Cómo puede estar segura un superpotencia de que otra no seguirá fabricando armas en secreto?

Otro tema importante es el de la contaminación. Considera el caso de cinco fábricas; cuatro de ellas vierten residuos a un río. Si sólo una empresa invierte tiempo y dinero en hallar una forma segura de deshacerse de sus residuos, saldrán ganando, hablando con lógica, las otras cuatro fábricas, que vierten los desperdicios al río sin gastarse un céntimo. Por consiguiente, la fábrica que se esfuerza por salvaguardar el medio ambiente saldría mejor parada, desde un punto de vista estrictamente lógico, vertiendo sus residuos al río.

El juego del dilema del prisionero también se aplica a nuestras relaciones. ¿Qué ocurriría si dos personas que mantienen una relación adoptaran los papeles de los prisioneros del juego? ¿Cómo puedes estar seguro de que el otro cumplirá sus promesas? ¿Cómo puedes estar seguro de que en cualquier interacción humana la otra parte se rija por los objetivos e intereses comunes? La respuesta a todas estas preguntas es que no hay modo alguno de saberlo. Tienes que confiar en los demás, y ser digno de confianza; es el único modo.

Te recomiendo que pruebes el juego siguiente con tus amigos, los miembros de tu familia o tus colegas del trabajo. Demuestra claramente los efectos de la cooperación y la competición. Además, muestra la confianza y los efectos de traicionarla.

El juego del dilema del prisionero

Este juego se juega por parejas. Los dos jugadores se sientan a buena distancia o dándose la espalda y no pueden comunicarse verbalmente. Cada jugador necesita una hoja de puntuación y dos tarjetas rotuladas con las letras A y B respectivamente.

1. Cuando el juez dé la señal, ambos jugadores eligen simultáneamente una de las tarjetas y se las muestran mutuamente.
2. Entonces cada jugador anota su elección, la elección del otro jugador, el número de puntos ganados o perdidos (véase más adelante) y la puntuación total del momento en la hoja de puntuación.
3. Repítase este proceso diez veces. Al final de la décima

---

vuelta los jugadores pueden hablar del juego, de sus sentimientos y de cualquier cosa que deseen durante diez minutos.

4. Después de la charla, los jugadores juegan diez manos más como antes.

5. Al final de la vigésima vuelta, los jugadores comparan sus puntuaciones y vuelven a discutir sobre el juego.

Recuerda que el objeto del juego es acumular puntos. El esquema muestra las combinaciones posibles. Si un jugador elige «A» mientras el otro elige «B», el que ha elegido «A» gana 25 puntos mientras que el que ha elegido «B» pierde 25 puntos. Si ambos jugadores eligen «A», ambos pierden 10 puntos, mientras que si ambos eligen «B», cada uno gana 5 puntos.

Pronto resulta evidente que el mejor método para acumular puntos se fundamenta en la cooperación y la confianza mutua. En la vida cotidiana, aplicar este mismo principio es una de las mejores maneras de reducir el estrés.

Esquema del juego del dilema del prisionero

Jugador 2

		Coopera (b)	Compite (a)
Jugador 1	Coopera (b)	+ 5 para jugador 1 + 5 para jugador 2	− 25 para jugador 1 + 25 para jugador 2
	Compite (a)	+ 25 para jugador 1 − 25 para jugador 2	− 10 para jugador 1 − 10 para jugador 2

BIBLIOGRAFÍA

◎

La naturaleza del estrés
Benson, H., *El efecto mente-cuerpo*, Grijalbo-Mondadori, Barcelona, 1980.
Selye, H., *The Stress of Life*, McGrawHill, Nueva York, 1956.

La dimensión espiritual
'Abdul' Bahá, *Contestación a unas preguntas*, Editorial Baha'I de España, Terrassa, 1994.
Frankl, V., *El hombre en busca de sentido*, Herder, Barcelona, 1995.
Honnold, A., *Divine Therapy*, George Ronald, Oxford, 1986.
—, *Relatos de la vida de 'Abdul' Bahá*, Editorial Baha'I de España, Terrassa, 1987.
LeShan, L., *Cómo meditar: guía para el descubrimiento de sí mismo*, Kairós, Barcelona, 1986.

La dimensión mental
Adler, A., *Understanding Human Nature*, Oneworld Publications, Oxford, 1992.
—, *What Life Could Mean to You*, Oneworld Publications, Oxford, 1992.
Blumenthal, E., *El camino hacia la libertad interior: una guía práctica para el desarrollo personal*, Editorial Baha'I de España, Terrassa, 1996.
Gawain, S., *Visualización creativa*, Sirio, Málaga, 1990.

La dimensión emocional
Cousins, N., *Anatomía de una enfermedad*, Kairós, Barcelona, 1993.

Bibliografía

Montagu, A., *Touching: The Human Significance of Skin*, Harper and Row, Nueva York, 1978.

Ott, N. John, *Light, Radiation and You*, DevinAdain Co., Old Greenwich, Conn., 1982.

Sears, W., *God Loves Laughter*, George Ronald, Londres, 1960, 1984.

La dimensión física

Benson, H., y Klipper, M. Z., *The Relaxation Response*, Avon Books, Nueva York, 1976.

Copper, K., *The New Aerobics*, Bantam, Nueva York, 1970.

Jacobson, E., *Progressive Relaxation*, University of Chicago Press, Chicago, 1938, 1974.

Lappé, F., *La dieta ecológica*, RBA Revistas, Barcelona, 1992.

Establecer objetivos

Clason, G. S., *The Richest Man in Babylon*, Signet Books, Nueva York, 1988.

Hill, N., *Piense y hágase rico*, Grijalbo-Mondadori, Barcelona, 1997.

Robbins, A., *Poder sin límites*, Grijalbo-Mondadori, Barcelona, 1989.

La gestión del tiempo

Lakein, A., *How to Get Control of Your Time and Your Life*, Signet, Nueva York, 1973.

Habilidad para comunicarse

Bandler, R., y Grinder, J., *The Structure of Magic*, vol. 1, Science and Behavior Books, Palo Alto, CA, 1975.

Blumenthal, E., *Comprender y ser comprendido: guía práctica para tener éxito en nuestras relaciones*, Editorial Baha'I de España, Terrassa, 1993.

Brooks, M., *Instant Rapport*, Warner Books, Nueva York, 1989.

Mehrabian, A., *Nonverbal Communication*, Aldine, Hawthorne, NY, 1972.

Montagu, A., y Matson, F., *El contacto humano*, Paidós, Barcelona, 1983.

Satir, V., *Peoplemaking*, Science and Behavior Books, Palo Alto, CA, 1972.

Miscelánea

'Abdu'lBaha, *Paris Talks*, Baha'i Publishing Trust, Londres, 1951.

Alberti, R., y Emmons, M., *Your Perfect Right: A Guide to Assertive Behaviour*, Impact, San Luis Obispo, CA, 1970.

Bibliografía

Bodanis, D., *Being Human*, Century Publishing, Londres, 1984.

Casa Universal de Justicia, *La promesa de la paz mundial*, Editorial Baha'I de España, Terrassa, 1986.

Cousins, N., *Head First: The Biology of Hope*, E.P. Dutton, Nueva York, 1989.

Danesh, H., «The Development and Dimensions of Love in Marriage», *The Baha'i Studies Notebook* III, núms. 1 y 2.

Dawson, C., Sherr, A., *The Heart of the Healer*, Aslan Publishing, Nueva York, 1987.

Ellis, A., *Anger Management: How to Live With and Without Anger*, Reader's Digest Press, Pleasantville, Nueva York, 1977.

Fox, E., *El sermón de la montaña: la llave para triunfar en la vida*, Obelisco, Barcelona, 1997.

Friedman, M., y Rosenman, R. H., *Type A Behaviour and Your Heart*, Fawcett, Greenwich, Conn., 1981.

Gordon, T., *F.E.T.: Parent Effective Training*, P.H. Wyden, Nueva York, 1970.

Green, E., y Green, A., *Beyond Biofeedback*, Dell Publishing, Nueva York, 1977.

Jaffe, D., *Healing From Within*, Simon and Schuster, Nueva York, 1980.

Lingerman, H., *The Healing Energies of Music*, Theosophical Publishing, Illinois, 1983.

Locke, S., y Colligan, D., *El médico interior: la nueva medicina de la mente y el cuerpo*, Apóstrofe, Barcelona, 1991.

Mendelsohn, R. S., *Confessions of a Medical Heretic*, Contemporary Books, Chicago, 1979.

Murchie, G., *The Seven Mysteries of Life*, Houghton Mifflin, Boston, 1981.

Ornstein, R., y Sobel, D., *The Healing Brain*, Touchstone, Nueva York, 1988.

Paine, M. H., *The Divine Art of Living: Selections from the Writings of Bahá'u'lláh and 'Abdu'lBahá*, Baha'i Publishing Trust, Wilmette, 1973.

Rausch, V., «Cholecystectomy with selfhypnosis», *American Journal of Clinical Hypnosis*, vol. 22, núm. 3.

Siegel, B. S., *Amor, medicina milagrosa*, Espasa Calpe, Madrid, 1996.

Smith, M., *Cuando digo no, me siento culpable*, Grijalbo-Mondadori, Barcelona, 1995.

Weil, A., *Health and Healing: Understarding Conventional and Alternative Medicine*, Houghton Mifflin, Boston, 1983.